Qui-vive

Du même auteur

Aux Éditions de l'Olivier

En retard pour la guerre
Éditions de l'Olivier, 2006
sous le titre *Ultimatum,* Points n° P2041

Les Âmes sœurs
Éditions de l'Olivier, 2010
Points n° P2539

Mensonges
Éditions de l'Olivier, 2011

Jacob, Jacob
Éditions de l'Olivier, 2014
Points n° P 4173
Prix du Livre Inter, 2015

Dans le faisceau des vivants
Éditions de l'Olivier, 2019
Prix Essai France Télévisions

Chez d'autres éditeurs

Quand j'étais soldate
L'école des loisirs, « Médium », 2002

Une bouteille dans la mer de Gaza
L'école des loisirs, « Médium », 2005

Le Blues de Kippour
Éditions Naïve, 2010

VALÉRIE ZENATTI

Qui-vive

ÉDITIONS DE L'OLIVIER

ISBN : 978.2.8236.1979.9

Amour est noctambule et incorrigiblement vagabond. La conscience nocturne à son tour est bien érotique en cela. Toutes ses nuits sont des nuits blanches ; dès que le soir tombe elle se livre à l'exaltation onirique, sort prendre son bain de ténèbres et va courir les aventures. Elle traînera, ivre de lune, jusqu'à l'heure de l'aubade, jusqu'à ce sage matin qui ramène, hélas ! le mari ou l'épouse, les liens conjugaux et la raison. Rude nuit, inconfortable et passionnante ! Qu'elle nous accorde le vrai sommeil, qui n'est pas sommeil dans la plume, mais dans la piscine des songes et des ténèbres. Qu'au fantasque, à l'amant et au gueux elle ne refuse pas cette lueur d'espérance qui s'allume tous les soirs dans la profonde ébène de minuit. Qu'elle apporte la paix à nos cœurs de minuit.

Vladimir Jankélévitch

L'étincelle qui constitue notre vie consciente doit jaillir d'un pôle à l'autre, par-dessus l'abîme qui sépare des contraires, afin que l'espace d'un éclair nous apercevions le monde.

Franz Kafka

I

1

C'est là, c'est peut-être là qu'est née l'impulsion qui jaillirait des années plus tard, lorsque j'ai appris la mort de Leonard Cohen par une alerte sur mon téléphone, à cinq heures du matin, dans un réveil bref et halluciné, par ce geste devenu mécanique de tendre une main pour s'informer de l'heure et des secousses du monde, parfois pour découvrir le message d'un être aimé qui dilaterait le cœur. J'ai lu son nom, son âge, le fait qu'il était mort, et j'en ai eu la poitrine crochetée de stupeur, parce que Donald Trump venait d'être élu président des États-Unis. J'ai reposé le téléphone, me suis rendormie, et j'ai rêvé que j'apprenais la mort de Leonard Cohen à la radio, et je me suis réveillée en pleurant. Julien m'a serrée contre lui. Tu as fait un cauchemar ? Tout va bien, on a le temps, on bosse pas aujourd'hui, on est tranquilles. Une nouvelle vérification sur mon portable m'a assurée que l'information était réelle. Nous étions le 11 novembre 2016. Donald Trump avait été élu le 8, Leonard Cohen était mort le 7, mais la famille avait gardé la disparition secrète. Je me suis demandé pourquoi. Pendant quelques jours, nous avions vécu sans savoir, et découvrir cette dissimulation était un autre choc. J'ai pensé, si l'annonce avait été rendue publique à l'ouverture des bureaux de vote de la côte Est, cela aurait peut-être influé sur le cours de l'Histoire. Des millions d'abstentionnistes auraient secoué leur indifférence et afflué vers les urnes pour empêcher une deuxième catastrophe, on aurait pu voir quelques Républicains sensibles changer d'avis, comprenant qu'il était impossible que, dans un même souffle, un homme délicat disparaisse et un homme brutal prenne le pouvoir, mais la famille n'avait pas eu ces considérations et avait sans doute souhaité pleurer un père et un grand-père dans le creux d'une intimité bientôt dérobée. La journée du 11 novembre avançait. Julien sortit faire du roller avec Lola, qui n'avait pas dérogé à son habitude de demander pourquoi au juste c'était un jour férié. Je savais qu'elle jubilait de me voir navrée par son peu d'intérêt pour l'Histoire. J'en avais fait un jeu. Chaque année, j'inventais une nouvelle raison. C'est la journée internationale de la compréhension entre les générations. C'est l'anniversaire de la première musique jouée au monde, dix mille ans avant Jésus-Christ. C'est le jour où un arc-en-ciel est apparu dans le ciel de toute la Terre après le Déluge. On commémore la première et la dernière fois que tu as rangé ta chambre, lui ai-je dit ce jour-là, ravie de la voir exagérer un soupir, juste avant que la porte de l'ascenseur se ferme.

Sur les coups de midi, je reçus un texto de ma mère. Ma chérie, c'est l'anniversaire de ton père. Il s'étonne que tu ne l'aies pas déjà appelé.

Recluse dans le désarroi, j'avais bien sûr oublié.

Je découvrais la profondeur de mon attachement à un homme que je n'avais jamais vu. J'écoutais (depuis quand ? je ne m'en souvenais plus, je ne pouvais pas dater la première fois) ses chansons ardentes comme des prières, dont je m'approchais et m'éloignais tour à tour, car elles étaient aussi bien capables de m'élever que de me faire chuter.

Des notes, un timbre, des mots qui nourrissent l'âme d'une substance irisée.

Et dont la disparition, à ce moment précis, accentuait l'impression que le monde perdait pied.

J'essayais d'ordonner mes pensées en les notant dans mon agenda.

Le sentiment que ce qui s'effondre entraîne tout à sa suite a un point commun avec l'amour : on croit toujours que c'est la première fois que cela arrive, que l'on n'a jamais rien connu de tel et, surtout,

que rien ne sera plus jamais comme avant.

Et c'est le propre de la vie, dis-je à Lola le soir, car outre l'amour et la perplexité, je ressens à son égard une obligation éducative qui me pousse à partager mes réflexions, convaincue de lui faire gagner du temps. Ou qui me poussait, plutôt, les années dans le sillage de cette journée se sont chargées de désarmer ma conviction. Tout change en permanence, ma chérie, on en prend conscience lorsque surgit le pire ou le meilleur, et elle avait acquiescé d'un « T'inquiète » dont elle abusait ces derniers temps.

*

Je me suis remise de la mort de Leonard Cohen et de l'angoisse politique distillée par l'élection de Donald Trump, comme je m'étais remise du 11 septembre et de l'appel de ma mère, Manhattan, tu connais Manhattan, c'est pas là où tu habitais ? C'est la guerre, ils détruisent tout, ils attaquent l'Amérique. Remise du 21 avril et de l'excitation effrayée de 19 h 58, ce n'était pas possible, nous n'allions pas voir s'afficher le visage de Le Pen qualifié pour le second tour, que faire de ces deux minutes où l'on devinait l'évidence en refusant d'y croire ? Remise des 7 et 9 janvier où des hommes de trente-deux et trente-quatre ans avaient pu surgir au milieu d'une salle de rédaction, dans un magasin casher, et décider qui vivrait hanté par le carnage, qui mourrait sous les balles. Remise du 13 novembre et du bandeau rouge au bas de l'écran où rien ne semblait pouvoir arrêter la progression du nombre de victimes, à croire que ceux qui avaient choisi de sortir ce soir-là dans l'Est parisien allaient y passer jusqu'au dernier. Remise du 14 juillet et de la vidéo visionnée sur Internet en tremblant avant qu'elle soit effacée, un travelling sur les trottoirs de la promenade des Anglais imbibés de sang, jonchés de corps gémissants ou morts sous des couvertures de survie dorées, et une voix hors champ qui disait, Regardez, regardez, c'est pas possible.

Mais si, cela avait été possible, et c'était donc réel.

La sidération s'était estompée chaque fois, quoi que j'en aie pensé à la seconde où j'en avais le cœur retourné. Je me répétais, la beauté d'un chant et le désir de destruction se superposeront toujours, il ne faut pas céder à la panique, même si je poussais parfois une porte dérobée pour fuguer vers un autre temps, là où le tissu de l'Histoire était une seconde peau. Je continuais de croire en mon métier quand je rencontrais mes élèves en début d'année. On va tâcher d'y voir clair dans ce capharnaüm qu'on nomme l'histoire de l'humanité, leur disais-je. Je continuais de classer des articles de journaux pour conserver les traces de notre époque et commençais à manquer de place. Voyant une nouvelle pile s'élever dans notre chambre, Julien annonça qu'il allait ouvrir une cagnotte à mon nom pour réunir en quelques années de quoi acheter une deuxième cave afin de tout stocker, ça pourrait aller assez vite si on mettait à contribution ma famille et mes amis à chaque anniversaire et à Noël, et il ajouta, On pourrait envoyer des rappels de participation à tes parents pour Rosh Hachana, Pessah, Pourim, toutes vos fêtes que je confonds mais où je me régale, y a rien à dire. Ah non, si on fait une cagnotte, c'est pour un grand voyage, bondit Lola. À quoi ça sert d'entasser des papiers comme ça, alors que tout est sur le Net ?

Vous ne connaissez pas le frisson de feuilleter un journal daté de 1989 ou 2003, et de découvrir rétrospectivement l'importance exagérée ou minuscule accordée aux événements ; les erreurs d'analyse, les aveuglements des uns, la lucidité des autres. On se réjouit un jour d'une révolution qui se transforme le lendemain en massacre. On estime une rencontre historique alors qu'elle ne mène nulle part et tombe vite aux oubliettes. Le présent transformé en passé, c'est comme l'eau transformée en vin par Jésus – Ah bon parce que t'es catholique maintenant, persifla Lola, mais je lui rappelai que Jésus était juif et répétai – le présent transformé en passé prend consistance, couleur, valeur, il fournit aux générations futures des clés précieuses.

Hum hum, en attendant, qui va fournir à ta génération future un repas digne de ce nom, maman, t'as vu l'heure ?

*

J'écoutais plus souvent Leonard Cohen depuis sa disparition, tout en nourrissant le regret de ne jamais l'avoir vu sur scène, parce que les billets m'avaient paru trop chers lors de son dernier passage à Paris. Il fallait que je prenne garde à ne plus passer à côté des choses importantes, celles qui exhaussent la vie vers la joie pure, mais c'est une entreprise titanesque d'être attentif à tout lorsque l'on slalome entre les jours, entre contraintes, assurance et oubli, et je défie qui que ce soit de soutenir que notre trajectoire est une ligne droite plutôt qu'une errance, j'en détiens la preuve.

2

Un gong résonna à l'échelle planétaire.

La nuit tomba en plein jour, plus de la moitié de l'humanité fut confinée et les scientifiques notèrent une baisse inédite du bruit ambiant, qui permit aux sismographes d'enregistrer les plus infimes activités de la croûte terrestre, jusque-là imperceptibles.

La quiétude était trompeuse. Ambulances et animaux sauvages envahirent les villes désertes. Ici, des sangliers. Là, des renards, un puma, des macaques.

Un peu partout s'échangeaient des photos d'oiseaux osant soudain construire leur nid sur le rebord d'une fenêtre.

Dans leurs tanières aux reflets bleutés, les paranoïaques s'en donnaient à cœur joie, diffusant des flots de soupçons et de bêtise inébranlable. Leur imagination s'emparant de l'épidémie me faisait l'effet d'une armée de rongeurs lancée pour tout dévorer sur son passage, même lorsqu'il ne resterait que des os et des cendres.

J'étais déchirée par l'interdiction de rendre visite à mon grand-père, qui ne cessait de me réclamer tantôt son violon, tantôt un marque-page. Le mien est cassé, dis, Mama, tu peux m'en apporter un nouveau ? Sinon, je ne sais plus où je me suis abandonné, et je dois tout recommencer depuis le début. Non, je ne peux pas corner les pages. Les livres, c'est comme les gendarmes et les arbres, ça se respecte.

Je me doutais qu'il devait de toute façon reprendre son Ken Follett au premier chapitre, car désormais il oubliait tout au fur et à mesure qu'il vivait, qu'il lisait, mais sa demande répétée qui ne pouvait aboutir faisait déferler en moi une rage puissante. J'envisageais de prendre les armes, de dynamiter la porte d'entrée de l'institution où il était reclus, je brûlais d'exploser tout ce qui s'interposait entre lui et moi. J'en avais des picotements jusqu'au bout des doigts.

Dans le même temps, j'essayais de saisir la portée de l'événement. Il y avait de l'incrédulité, des décisions stupéfiantes et de l'ivresse. Un frémissement qui semblait murmurer : on peut remettre les compteurs à zéro, effacer toutes les fautes, toutes les erreurs commises, toutes les injustices. On est liés par un destin commun, c'est là, sous nos yeux, saisissons l'opportunité d'un monde plus doux, plus juste.

Il y avait de la mesure, des voix pour rappeler que chaque catastrophe engendre un espoir déçu. Il y avait des paroles de scientifiques, sociologues, écrivains, économistes, philosophes, historiens que j'écoutais pieusement à la radio, pénétrée par leurs analyses sagaces qui s'évaporaient quelques minutes plus tard.

Il y avait de quoi devenir fou.

Toutes les interprétations se fondaient dans la question lancinante qui me tenait éveillée jusqu'à six heures du matin :

Et donc, comment vivre ?

Se laver, manger, boire, dormir quelques heures quand le jour poignait, me forcer à préparer des cours que j'envoyais à mes élèves dans l'après-midi, et dont l'utilité m'échappait, dans un monde où l'on ne pouvait plus assister aux naissances ni accompagner les morts, et où même le langage était contaminé par des mots que je refusais de prononcer.

Lola aussi habitait la nuit plus que le jour, écoutant Lomepal en boucle. À force j'en connaissais des bribes par cœur. *Si je perds je gagne, gagne, gagne, On n'a pas les mêmes règles pourtant c'est le même jeu, Prends cette putain de vie comme un jeu, j'suis encore un môme, Pas de leader, pas de maître*, fredonnais-je quand nous nous lancions dans la préparation d'un gâteau à trois heures du matin, parce que lécher notre index badigeonné de pâte crue nous procurait un plaisir transgressif et crémeux, piqué par l'acidité de la levure. Pendant que les effluves chocolatés se diffusaient dans l'appartement, nous regardions une série ou un film en nous étonnant d'y voir des gens serrés les uns contre les autres dans un ascenseur ou un salon, buvant, dansant, innocents, même lorsqu'ils pensaient ne pas l'être.

Le premier mois passé, découvrant des mites dans un placard, je me mis à faire le ménage pendant des heures, traquant la poussière derrière les meubles et sur les plinthes, les éclaboussures visibles sur les murs de la cuisine quand une lumière rasante y pénétrait en fin de journée, les dépôts laissés par nos doigts sur les interrupteurs, les traces dessinées par d'anciennes pluies sur les vitres des fenêtres. J'avais l'impression que ma grand-mère guidait mes mains. Déplace les lits. N'oublie pas les coins. Personne ne pense à nettoyer les coins. Tu sais que quand j'arrivais chez certains riches, je devais enlever la crasse avec un couteau ?

Régénérée par la propreté, et peut-être par le fantôme de ma grand-mère, je me mettais en quête de magnificence. C'est ainsi que je vis un soir *Trois sœurs* jouée en langue des signes par des acteurs russes, et je fus envoûtée par l'intensité du langage silencieux engageant tout le corps et le visage. Par un étrange effet d'association, le moteur de recherche me proposa à la suite de cette représentation filmée une vidéo de Leonard Cohen. Quatre minutes et deux secondes captées à la fin de sa tournée européenne en 1972, miraculeusement préservées, miraculeusement disponibles, à l'infini, si l'infini est cette boucle qui relie le mystère et l'évidence.

Trois notes s'estompent derrière lui. Sa main droite enlace le micro, son visage s'éclaire d'un sourire timide, de ces sourires qui naissent d'une déchirure cousue de pudeur. Il psalmodie presque :

Si ça ne s'arrange pas, je vais arrêter et vous rembourser.

Vous savez, il y a des nuits où l'on vole, et d'autres où l'on ne parvient pas à décoller. Il ne sert à rien de se mentir les uns aux autres. Ce soir, nous ne décollons pas. Dans la Kabbale il est écrit que celui qui n'arrive pas à s'élever doit rester à terre. (Et le public rit telle une bande de gamins ravis et gênés, comme si entendre l'évocation d'une mystique juive par Leonard Cohen, en anglais, lui conférerait soudain un statut digne d'intérêt.)

Il est dit dans la Kabbale que tant qu'Adam et Ève ne sont pas capables de se regarder dans les yeux, Dieu ne peut s'asseoir sur son trône. D'une certaine manière, ma partie masculine et ma partie féminine refusent de se rencontrer ce soir. Et Dieu n'est pas assis sur son trône. Et c'est terrible qu'une telle chose arrive à Jérusalem. Nous allons quitter la scène, et nous allons essayer de méditer profondément dans les loges pour retrouver nos contours. Si nous y parvenons, nous reviendrons.

À la caméra qui le suit dans les loges, Leonard Cohen dit : On n'y est pas, et je ne peux pas tricher. Je ne peux pas. Je n'aime pas ça, point. Je pars. Une femme hors champ soutient qu'il ne partira pas, et une voix d'homme affirme que les spectateurs ne veulent pas être remboursés, de toute façon ils n'ont pas payé leur billet très cher. Des gamins ont fait plus de trois cents kilomètres pour l'entendre chanter, mais Leonard Cohen persiste. Quand on n'arrive pas à faire le job, on ne le fait pas, c'est ainsi, et la femme hors champ propose : Improvisons quelque chose, vous jouerez de la guitare, et ils chanteront. Il répète qu'il ne peut pas, que ça ne l'intéresse pas de faire ça. Un homme derrière la caméra dit que parmi les personnes présentes dans le public, il y en a peut-être qui ne veulent pas effectuer leur service militaire. Elles ne veulent peut-être pas tirer sur des gens, mais elles devront le faire, elles y seront obligées. Alors vous devez le faire. Et c'est votre dernier concert, c'est quelque chose que vous devez faire. Leonard Cohen a le visage penché vers un bouquet d'œillets roses, il le respire, ramassé sur lui-même, et le balance soudain sur une table.

Je sais. J'ai besoin de me raser.

Sur l'image suivante, on le voit penché sur un lavabo, répétant : Quelle vie, quelle vie. Puis il se redresse, et proclame face au miroir : Le concert n'est pas fini. Deux hommes l'encadrant dans le reflet manifestent leur soulagement. Il porte le rasoir vers son poignet : Et maintenant, direction les veines ! Tout le monde rit. Il remonte sur scène, la foule chante en chœur en hébreu *On a apporté la paix sur vous*. Il prend le temps d'accueillir la ferveur que chacun lui envoie, avec toujours ce sourire au bord de la timidité et de l'émerveillement sur le visage, il joue quelques notes, on entend les premières paroles de *Hey, That's No Way to Say Goodbye*.

Je visionnai la vidéo plusieurs fois, m'en abreuvant comme d'un nectar dont le goût me ravissait, dans le sentiment de découvrir une source, même si une voix en moi chuchotait, Il y a toujours un commencement avant le commencement, la terre lavée par d'autres pluies, un sillon creusé sans que l'on y prenne garde, les eaux qui emportent avec elles des branchilles et des effets personnels oubliés sur le rivage, et il y a aussi un moment qui n'est pas tout à fait la fin mais où, dans la grande embouchure, on distingue une forme claire dans ce qu'on pensait être des détritus.

3

Une fois notre périmètre de liberté élargi, alors que tous autour de moi se réjouissaient de retrouver un *semblant* de vie, je cherchais le contact avec le mutisme du monde quelques semaines plus tôt, et une irritation sourdait dans ma poitrine dès que j'étais dans les rues qui faisaient mine d'être des rues ordinaires, où tous avançaient masqués. Étais-je seule à voir ces nouveaux hommes errants, l'un hirsute, au gros ventre débordant du pantalon, arpentant sans relâche le quartier, un baluchon sur l'épaule, l'autre couvert de bâches en plastique, les pieds enveloppés de guenilles tenues par des ficelles ? Je scrutais les autres, ceux qui marchaient d'un pas décidé, et je pensais, le verbe dévisager n'a plus de sens. Je mourais d'envie de les aborder pour leur demander comment ils allaient, comment ils avaient vécu cet arrêt. Avez-vous été oppressé ou libéré, avez-vous battu votre femme, mieux connu vos enfants ? Est-ce que votre gratitude pour les soignants, les caissières et les éboueurs est encore vive ? Qu'avez-vous compris et décidé ? Qu'allons-nous faire de ce qui nous a été révélé ? Mais c'était impossible et j'effectuais des détours pour emprunter les artères les plus calmes. Des phrases, comme puisées dans le sol, remontaient de mes pieds pour marteler mes tempes :

Ce temps d'arrêt a été trop court ou trop long.
Sa consistance me demeure étrangère.
Son sens, impénétrable.

Le soir, je me collais au dos de Julien pour que son corps parfaitement enchâssé dans le mien fasse barrage à mes pensées mais elles étaient plus agiles et déterminées que sa peau tiède, elles s'élançaient dans l'espoir d'analyser l'événement, ses conséquences, et l'échec annoncé de l'entreprise ne les anesthésiait pas, au contraire, elles s'agitaient avec plus de vigueur, croissaient et multipliaient. J'essayais de régler mon souffle sur celui de Julien, je plaquais mon poing gauche mollement replié contre mes lèvres, car on m'avait raconté que je m'assoupissais ainsi enfant, j'espérais que mon corps s'en souviendrait. Je me relevais une heure plus tard, me déplaçant dans l'appartement tel un chat, habituant ma vue au clair-obscur, mon ouïe aux vibrations les plus fines, mes mains aux murs du couloir, attentive à ne pas réveiller Lola, qui avait retrouvé un semblant de rythme, et Julien qui n'avait jamais perdu le sien.

Une nuit, je renonçai à lutter contre l'insomnie, et m'y coulai en prenant une longue respiration qui ouvrit un bal secret.

J'entrepris de visiter la boîte des indésirables où je conservais les mails qui m'intriguaient depuis quelque temps, m'interpellant par mon prénom dans l'objet même. Le premier m'avait étonnée par son assurance performative, il disait,

Mathilde, concrétisez vos rêves.

Il avait été suivi des prometteurs Mathilde, ne doutez plus de vos capacités. Mathilde, revivez des moments exceptionnels de votre vie. Mathilde, faites-nous confiance pour vous apporter le meilleur du confort. Et quand il avait été bien établi que je savais qu'on se préoccupait personnellement de mon bien-être, mon prénom avait disparu, mes bienfaiteurs potentiels allaient droit au fait pour inonder ma vie de conseils impératifs et de promesses. À vos côtés pour vous aider à trouver la solution qui vous correspond le mieux. C'est aujourd'hui votre jour de chance. Consultez et utilisez vos droits. Augmentez votre capital. Faites pétiller vos soirées. Réservez maintenant, décidez plus tard. Changez d'avis jusqu'à 48 h avant le départ. Faites décoller vos projets. Soyez plus sereine avec votre santé. Ne craignez plus les fins de mois. C'est aujourd'hui que se prépare demain. Et, chaque nuit, je guettais la phrase qui avait l'ambition de m'ouvrir les yeux et de m'épauler, exprimant, comme dans un horoscope savamment rédigé, ce qui pouvait s'adresser à moi et à tous, ces phrases auxquelles je ne pouvais décemment croire mais je prenais du plaisir à les lire et j'en étais même fascinée. Je songeais, c'est dans ce léger déplacement que tout se joue, quand le désir de croire en quelque chose, quelqu'un, est plus fort que la raison. Et s'il n'y avait eu, des milliards de fois renouvelée et sur sept mille générations, cette puissance du désir parfois contre toute logique, aucun de nous ne serait là, aucun de nous ne s'acharnerait à percer l'énigme de nos existences.

Je m'efforçais de corriger des copies, parce que j'étais faite du même bois que mes collègues, habituée à ce que le temps libre soit teinté de culpabilité lorsqu'un paquet m'attendait. Chaque attribution de note me plongeait dans la perplexité. Les efforts que les élèves fournissaient pour user plus ou moins adroitement de la langue me sautaient aux yeux comme une nuée de papillons. Ils abusaient des adverbes en début de phrase, persuadés que c'était la meilleure manière de donner un lustre à leurs réponses. Cependant, on peut dire que. Toutefois, il faut rappeler. Néanmoins, on peut considérer. Ils se sentaient rassurés par l'emploi d'adjectifs à rallonges reliés par un tiret, ils plantaient des socio-économico-politiques ou des culturo-historico-religieux dans leurs copies comme autant de pieux permettant l'ascension vers une bonne note. Ils continuaient de déployer toute leur énergie pour démontrer qu'ils avaient bien écouté, bien appris, et quand ce n'était pas le cas, ils bricolaient de touchantes phrases totalement incompréhensibles. Ceux qui possédaient moins de ressources, pas même celle de faire semblant, se contentaient de recopier la question, laissant à sa suite un espace blanc qui m'aspirait, et me semblait être la bonne réponse. Je pensais, on est malhonnêtes, on leur fait croire que le bouleversement est anecdotique. On dit qu'on tient le cap, mais la pandémie a remué les eaux les plus profondes, c'est une tempête qui n'est pas terminée. Il faudrait accepter de se laisser dériver pour comprendre ce que nous dit de notre condition ce passage aphone de l'Histoire.

Je rêvais de les entraîner au cœur d'une forêt, ramasser du bois, allumer un feu, chanter avec eux des airs qu'aucun de nous ne connaîtrait, qui surgiraient du froid, des flammes, de l'oubli. Chacun livrerait son récit légendaire, et ceux qui garderaient le silence ne seraient pas les plus absents. Leur présence nous réchaufferait plus encore que les braises, ils seraient la caisse de résonance de tous nos mots. Reprenant place ensemble sous les étoiles, nous retrouverions la confiance, le goût du hasard, la fraternité tactile, toutes choses qui nous avaient été dérobées. Nous ririons de devoir tout réapprendre.

J'avais soif de croire en quelque chose de nouveau, dans la même urgence qui m'avait happée lorsque j'avais regardé avec mon grand-père un documentaire sur l'extermination des Juifs pendant la Deuxième Guerre mondiale dont ni lui ni moi ne nous souvenions du titre. Moi parce que j'étais trop jeune à l'époque, lui parce qu'il était devenu trop vieux.

Je croyais alors en Dieu. Je lui confiais chaque soir mes manquements et mes espoirs en terminant par la prière *Écoute Israël*, même si un fond de perplexité m'envahissait parfois. À l'école, dans la rue ou à la télé, la modernité semblait avoir effacé toute présence divine. Il n'y avait que des hommes, leurs actes, leurs conséquences. Ma famille et moi nous étions peut-être trompés d'époque. Nés dans le désert trois mille ans plus tôt, sans science ni technologie pour démonter les récits bibliques, nous aurions été en accord avec un monde qui dépendait alors entièrement de lui.

Les images en noir et blanc engendrant des flots de terreur avaient barré tout accès à la certitude de son existence, et fait poindre une menace âcre sur la mienne.

J'avais harcelé mon grand-père et mes parents afin qu'ils me donnent des explications qu'ils ne pouvaient fournir. C'était comme ça, point. On ne pouvait pas comprendre pourquoi la haine avait atteint une telle puissance exterminatrice, mais ça ne changeait rien à l'existence de Dieu, ni à sa présence éternelle.

Après une lutte qui avait duré de longues semaines, si acharnée que j'en avais été fiévreuse, j'avais rabattu ma couverture sur la tête un soir, et au lieu de la prière habituelle j'avais chuchoté, C'est impossible que tu aies permis cela, je ne crois plus en toi. Tu n'existes pas et je ne te parlerai plus.

Rejetant secrètement toutes les lois apprises, je m'étais tournée vers l'*ABC du savoir-vivre* édité par Fernand Nathan en 1967, voulant croire à la promesse d'un manuel offrant un trousseau de clés complet pour affronter toutes les étapes de la vie. Rapporté un jour de chez mes parents, le livre trônait sur mon bureau et me faisait rire quand je le feuilletais, tant était criant l'écart entre ma vie de naissance et la vie bourgeoise qui y était dépeinte comme la seule possible avec domestiques, christianisme, invitations à jouer au bridge et vastes appartements. Comment avais-je pu espérer y trouver des réponses ? J'en avais pourtant fait ma bible pendant un an, croyant à une société où tout allait à merveille lorsque chacun agissait selon son rang, guidé par la politesse et la discrétion, mais je m'en étais lassée, n'y trouvant pas la puissance requise pour se substituer à l'absence de Dieu. Mon entrée en sixième tomba à pic. L'Histoire, qui m'apparut aussi immense que lui, commença à se déployer dans l'espace vacant et me donna les récits que j'attendais.

Je butais désormais contre ses limites et les miennes.

4

Une nuit, la voix en moi que nul autre n'entendra jamais a prononcé, Cesse de vouloir à tout prix faire ou comprendre quelque chose. Écoute, écoute, contente-toi d'écouter, et j'ai beaucoup appris.

Les doigts passés dans la racine des cheveux produisent un froissement qui s'accorde parfaitement avec la suspension des pensées.

Un verre reposé lentement dans l'évier émet un son sablonneux.

La lunette des toilettes tout aussi lentement refermée profère un double cliquetis mat.

Décoller l'emballage en carton d'une tablette de chocolat déclenche une rafale de kalachnikov lilliputienne.

Les nouveaux voisins du troisième m'ont donné plus de mal que les objets. Je ne parvenais pas à déterminer s'ils déplaçaient des meubles, s'entraînaient à danser le tango, ou faisaient l'amour aux alentours de deux heures du matin. Au bout d'une semaine, j'étais arrivée à la conclusion qu'ils déplaçaient des meubles pour ouvrir un canapé-lit, et faisaient l'amour très brièvement, comme on prend une douche les soirs de canicule.

Je ne ressentais plus le manque de sommeil et j'avais soif de ces heures étirées parfois jusqu'à l'aube, surtout depuis que j'avais découvert dans la première lueur d'un jeudi une abeille agonisant près du rideau du salon. Blottie sur le canapé, attentive à l'écoulement de l'eau dans les canalisations de l'immeuble qui s'éveillait, j'avais soudain repéré une ombre dodue sur le sol. Je m'étais approchée jusqu'à distinguer clairement son corps strié renversé sur le dos, sa tête triangulaire, ses pattes ciliaires qu'elle agitait avec une ténacité forçant mon admiration. Je ne parvenais pas à m'expliquer sa présence alors que les fenêtres étaient fermées, et que je n'avais entendu aucun bourdonnement. J'hésitais à abréger ses souffrances. Comment déterminer ce qui était le mieux pour elle ? J'étais émue de penser qu'elle avait choisi notre salon pour s'éteindre loin de ses semblables, je m'en sentais même honorée. C'était la première fois que je regardais vraiment une abeille, et je compris dans cette aube que le temps pétrifié m'avait conduite vers une forme d'innocence. L'agitation de ses pattes cessa à quelques reprises, je la crus morte, mais elle repartait de plus belle, battant l'air, ne renonçant pas à y trouver un point d'appui. Cette vision très concrète de la foi me bouleversa, avant que je me secoue : elle n'était peut-être pas sur le point de mourir et avait besoin d'aide pour se redresser. J'ouvris la fenêtre, fis glisser une enveloppe sous le corps duveteux en guise de brancard, et déposai cette première abeille de ma nouvelle vie sur la jardinière. Elle ne s'envola pas. Elle ne tint même pas une seconde sur ses pattes et s'écroula sur son flanc droit. Je la titillai avec la pointe de l'enveloppe, mais elle était définitivement recroquevillée.

Le transport du parquet à la jardinière avait sans doute hâté son trépas.

La responsabilité d'organiser un enterrement d'abeille ne m'étant jamais échue jusque-là, j'optai pour un dernier vol par la fenêtre, qui, même s'il ressembla plutôt à une chute, m'apparut correspondre à des funérailles dignes de l'insecte.

*

Les effets de ma vie nocturne étaient de plus en plus perceptibles en journée. Outre l'ouïe, je développai la vue. La lumière du jour précipitait mille détails vers mes yeux qui avaient appris à faire le point dans l'obscurité. Je découvris que les ouvriers qui travaillent en hauteur, élaguant des arbres ou ravalant une façade, ont des gestes de pantomimes. Au supermarché, l'envergure phénoménale des cheveux de la nouvelle caissière occupait quatre fois plus d'espace que son fin visage, et cela lui conférait une allure végétale qui me donnait envie de la peindre, si seulement je savais. Je pouvais fixer de longues minutes les branches hautes d'un tilleul agitées par le vent, la progression des rayons de soleil sur le mur du bâtiment D quand je faisais cours dans le bâtiment A. J'observais les pies, moins nombreuses que les corbeaux, et me demandais comment elles conservaient la blancheur de leurs plumes dans une ville si polluée. Je regardais chaque silhouette que je croisais, percevant qui était capable de tendre une main, qui était plus enclin à frapper, ne craignant pas les uns et gardant mes distances avec les autres. Je comptais le nombre de personnes marchant dans la rue les yeux rivés sur leur téléphone portable, et admirais la confiance qu'elles plaçaient en leurs congénères arrivant en sens inverse. Le risque de collision ne les inquiétait guère. Elles marchaient simplement un peu plus lentement que la moyenne des gens, et c'était une invitation à ce que les autres prennent soin d'elles en les contournant, ce qu'ils faisaient la plupart du temps sans rechigner, et à de très rares occasions en les insultant.

Un jour, j'ai épié un couple derrière lequel je faisais la queue au tabac. Ils hésitaient devant des tickets de thème astral à gratter. La femme demanda, Comment ça marche, quand est-ce qu'on sait qu'on a gagné ? C'est immédiat, il faut gratter là et là, répondit le jeune buraliste. Donnez-moi un Lion alors, je veux gratter un Lion. J'en ai plus, j'ai un Bélier si vous voulez. D'accord, on prend le Bélier, dit l'homme, aussitôt interrompu par la femme, Ah non, j'ai pas envie de gratter un Bélier moi, donnez-moi un Scorpion, et elle tendit une pièce de deux euros au garçon en répétant, Pff, j'ai pas envie de gratter un Bélier, moi.

Je mesurai ma chance d'avoir été témoin de cette phrase fantastique, qui était peut-être prononcée pour la première fois. C'est si rare, une phrase neuve. Je me dépêchai de payer mon paquet pour marcher derrière eux en laissant flotter mon regard, et à une distance suffisante pour n'éveiller aucun soupçon, reconnaissante envers mes oreilles d'être si parfaitement aiguisées que je pouvais isoler leur dialogue des interférences d'une rue à dix-sept heures trente de ce temps-là, quand tous accéléraient le pas et savaient précisément où les autres se dirigeaient, parce que chaque soir la mise sous cloche de la population s'effectuait à la même heure. L'homme et la femme possédaient une syntaxe heurtée bien appariée au désaccord qu'ils exprimaient et qui tournait à présent autour d'une invitation à déjeuner le dimanche suivant. La femme refusait absolument d'y joindre Hector et Selma, l'homme y tenait. Bien sûr, toi, tu te laisses toujours avoir par les Chocapic-assiettes, dit la femme, et je me demandai si c'était le surnom qu'elle leur avait donné ou un lapsus.

Je fus frustrée lorsqu'ils montèrent dans une voiture, j'aurais tant aimé les entendre parler plus longuement. L'enfermement prolongé avait fait naître en moi une âme d'enquêteuse. Je voulais capturer chaque vie que je croisais, chaque vision de l'existence qu'elle charriait. En les cousant bout à bout, j'aurais peut-être une chance de comprendre l'époque, me disais-je, mais les bribes demeuraient trop éparses. La voiture qui s'éloignait me déroba le secret de ce couple comme tant d'autres vies à peine frôlées.

Habitée par un sentiment d'abandon, je restai quelques minutes en bas de chez moi, pour voir le moment où les dernières portes cochères se refermaient, et la ville rebascula dans le silence, à dix-huit heures tapantes.

*

Au fil des jours, mes sens surdéveloppés me submergeaient d'alertes, comme autant d'injonctions au qui-vive, et quand je prenais la parole, il m'arrivait d'avoir besoin de vingt secondes pour relier deux phrases parce que le moindre détail m'accaparait. Parfois je distinguais au-dessus du masque d'un lycéen un regard oscillant entre effarement et raillerie, mais, la plupart du temps, pupilles, paupières et sourcils demeuraient cryptés.

Les années n'y avaient rien changé, je ne me lassais pas de la mosaïque mouvante de mes élèves. Leur gaucherie, leurs certitudes, leur transpiration, l'inégalité criante de leur grain de peau, leurs frimousses ensommeillées le matin qui se teintaient de sérieux, de courage, de malice ou d'arrogance au fil des heures, et quand c'était l'indifférence que je percevais ou, pire, une vraie prostration, j'opérais un brusque virage dans mon cours et mettais la *Symphonie n° 3* de Beethoven si j'évoquais Napoléon, ou un morceau de Duke Ellington pour illustrer le débarquement en Normandie. La musique dans une salle de classe abat les murs et rafraîchit les élèves les plus asphyxiés.

Certains matins d'hiver, quand la nuit se découpait encore à travers les fenêtres et donnait le sentiment que nous exercions une activité illégale et clandestine, je tentais de les réveiller par la parole, je disais, Les suffragettes considéraient l'inégalité civique entre les hommes et les femmes comme un *bail* inacceptable, ou, Le conflit israélo-palestinien est pris dans la même structure mémorielle que celle que l'on trouve dans *Attack on Titan*, et j'aimais les voir tressaillir à ces mots. Je savais que je pouvais paraître un peu transgressive en utilisant leur vocabulaire, ou une série animée japonaise que Lola m'avait fait découvrir pendant le confinement, certains résistaient d'une moue explicite, non madame, vous n'allez pas nous attraper comme ça, en faisant comme si nous étions du même côté, mais lorsque je développais ma pensée, lorsqu'ils s'apercevaient que le nom d'Eren Jaeger ne m'était pas inconnu, ni celui d'Armin Arlert ou de Mikasa Ackerman, quand je leur disais que les guerres de leurs ancêtres les broyaient sans qu'ils en comprennent la source, et que le saccage de leur amitié illustrait le sacrifice d'une génération par celle qui l'a précédée, je les sentais lâcher prise, et les plus hardis demandaient s'ils pourraient s'autoriser ce genre de comparaisons dans leur copie le jour du bac. Hum, je ne suis pas sûre, disais-je, mais en français ou en philosophie, pourquoi pas, je pense que ce sont des matières où vous pouvez tout vous permettre, du moment que c'est bien amené.

Chaque début d'année, je les scrutais pour relier leur prénom à leurs traits et distinguais deux catégories d'élèves : ceux qui étaient des esquisses très nettes sur lesquelles on devinait les adultes tout proches. Encore quelques pas et hop, ils auraient pleinement l'allure qu'ils conserveraient peu ou prou une cinquantaine d'années avant d'entamer leur dernière métamorphose, celle qui est inenvisageable pour tous, car s'il est parfois possible d'apercevoir l'adulte niché dans l'adolescent, il est impossible d'augurer le parchemin de la vieillesse – et les autres, aux traits et personnalité serrés dans un bourgeon opaque, dont je me demandais si la fleur allait éclore ou se dessécher.

Ils étaient nombreux à ne pas se relever de l'enfermement qu'on leur avait imposé. Je le devinais à leur tête tournée vers la fenêtre ou affalée entre leurs bras repliés, et parfois ils s'endormaient carrément en cours. Ne plus voir la moitié de leur visage m'était intolérable, même si je sentais qu'ils appréciaient se dissimuler ainsi. Pour la première fois de ma carrière, les malheureux adolescents souffrant d'acné ou portant un appareil dentaire, pour peu qu'ils aient une frange, étaient à égalité avec ceux qui avaient un teint net et des dents parfaitement alignées. C'était sans doute le bon côté des mesures en vigueur, avec la disparition des haleines gênantes lorsque quelqu'un se colle à vous pour vous parler, avançant au fur et à mesure que vous reculez, indifférent à vos tentatives de repli.

Tu ne crois pas que tu fais un burn-out ? me demanda un jour Ashley, la prof d'allemand avec laquelle j'étais en binôme sur les TPE. Ce serait normal au fond, on est tous épuisés avec ces directives qui changent H24.

Tu as une petite mine, constatait ma mère, c'est sans doute le retour d'âge, tu as déjà des bouffées de chaleur ma chérie ?

Fais-toi prescrire des somnifères, il faut que tu te recales, tu ne vas pas tenir, m'encourageait Julien, mais je ne voulais surtout pas me recaler, alors il soupirait : J'ai l'impression que tu te complais dans cette nouvelle inaptitude.

T'es là et t'es pas là, c'est relou, traduisait Lola.

Ils avaient tort. Je vivais dans une attention extrême, et je ressentais la joie et la peine avec une intensité de haut voltage. Je fus inquiète le jour où une feuille arrachée à un cahier fut collée sur la porte de la librairie, *Fermée jusqu'à nouvel ordre pour cause de problèmes de santé*. J'étais parfois prise d'une bouffée d'amour fulgurante pour les inconnus qui m'entouraient, parce qu'une vive harmonie se tissait entre une phrase savoureuse du maraîcher, un sourire gratuit que m'adressait une cycliste, un couple qui s'embrassait sur un banc comme dans les années quatre-vingt et un enfant qui claironnait à son père, Moi aussi je veux aller à Losange Jeunesse ! Tous étaient mes semblables, vivants, balbutiants ou confiants, et je les aimais. Un instant plus tard, un homme aux muscles et à la peau tendus d'agressivité en traitait un autre de sale bicot, suscitant une bouffée de misanthropie dont je mettais plusieurs heures à me défaire.

Dans mon entourage désarçonné, seule Lola approchait de la vérité, même si elle confondait l'espace et le temps. J'étais bien là, mais habitée par un rythme qui était précisément celui du temps transformé en question.

Le seul qui semblait ne s'apercevoir de rien, ou m'acceptait telle que j'étais, c'était mon grand-père. Tout allait bien pour lui du moment que je répondais quand il me téléphonait, dix fois par jour en moyenne parce qu'il oubliait d'un instant à l'autre qu'il venait de me parler. À chaque appel, son étonnement allègre se renouvelait. Quel plaisir de t'entendre Mama, tu sais que tu as une belle voix ? Il y a du miel dedans, et un peu de piment aussi. J'ai envie de manger du fromage de chèvre mais je n'en trouve pas, pourtant il y a beaucoup de chèvres autour de moi. Tu sais qu'on a gagné la guerre ? On peut respirer dans un monde vert et frais comme une forêt au premier jour du printemps. On va faire une grande fête ce soir, je vais inviter ta grand-mère à danser mais ne lui dis rien, c'est une surprise. Je vais mettre la cravate qu'elle m'a offerte pour mon anniversaire, sauf que je ne trouve plus mon chapeau. Sois tranquille pour moi, je vais bien, j'entends tout, je ne suis pas sourd, il n'y a pas que les murs qui ont des oreilles, le cœur aussi en a, et les violons murmurent plus qu'on ne le croit. Et toi alors, tu prépares ton bac ? Tu études toujours tard la nuit ? Fais attention à ton sommeil, c'est lui qui te permet de marcher droit.

Je lui racontais mes nouvelles perceptions, et cela ne le perturbait en rien, il pouvait tout entendre. Dans le métro, des senteurs de fougères piquaient mon nez sans que j'en identifie la provenance. J'avais un inexplicable goût de fromage blanc et de myrtilles dans la bouche. De mes cinq sens, seul le toucher était étrangement en berne. Bois, cuir, verre, formica, peau, plastique : tout avait la même texture. Lorsque je m'en étais aperçue, j'avais été prise d'une frénésie tactile, palpant tout ce qui m'entourait. Enfants, nous envisagions régulièrement avec mes amis un monde où l'on serait aveugles, un autre où l'on serait sourds, et nous en déclinions toutes les conséquences. Mais jamais nous n'avions imaginé la perte du toucher. Je frottais mes mains l'une contre l'autre, entremêlais mes doigts, les ouvrais en éventail et les refermais. Même dénuées de sensations, elles me semblaient prodigieuses tout à coup. Je comprenais pourquoi Lola avait contemplé les siennes avec tant de curiosité et de ravissement à trois mois. Ce sont des membres capables de mille danses, y compris lorsqu'on ne sait pas danser.

Oui, oui, il faut danser, concluait mon grand-père, les gens qui ne dansent pas sont tristes comme des mouchoirs à fendre l'âme.

Une fois par semaine, je regardais la vidéo où l'on voit Leonard Cohen parler, réfléchir, agir. J'avais l'impression d'aller à la messe, même si je n'y ai jamais mis les pieds, ou de polir un diamant, même si je n'ai jamais accompli cette tâche admirable de mes mains.

Je trouvai sur Internet un documentaire datant de 1965, quand seuls les mots poète et romancier étaient accolés à son nom. Il avait déjà sa voix puisée aux interrogations les plus existentielles, tout le ramenait à la question comment vivre avec un Dieu présent-absent, avec l'amour, la violence, et l'énigme de sa propre existence. Il disait : Je suis inquiet quand je me lève le matin. Mon inquiétude est de savoir si je suis en état de grâce. L'état de grâce, c'est une sorte d'équilibre qu'on éprouve en dépit du chaos qui nous entoure. Il ne s'agit pas d'avoir l'arrogance de vouloir résoudre le chaos et mettre le monde en ordre, mais c'est comme faire du ski et pouvoir s'échapper, pouvoir contourner la colline.

Skiant comme une belette débutante et ignorant comment contourner ma colline, je prenais personnellement la critique sur l'arrogance de vouloir résoudre le chaos du monde. Je n'en étais pas blessée, car il ne se posait pas en donneur de leçons. S'il prononçait ces mots, c'était bien parce que la tentation de vouloir résoudre le chaos l'avait effleuré, et qu'elle ne demeurait jamais loin.

Il terminait sur un constat amusé : J'ai beaucoup plus l'air d'un homme que je croyais. Tout change maintenant. Je suis différent de ce que je croyais.

Ça affectera peut-être toute votre vie, lui disait le réalisateur.

Je l'espère bien, concluait-il dans un rire.

Je m'étais demandé ce qu'il aurait dit de ça, à la fin. Si ça avait vraiment changé quelque chose pour lui de se découvrir sur un écran. J'avais vingt-cinq ans de plus que lui au moment où il avait prononcé ces mots. La question de savoir qui j'étais ne m'habitait plus, devenue secondaire par rapport à celle de comprendre ce que je percevais, et savoir vers où diriger mes pas.

Lors d'une visite de contrôle, mon médecin s'étonna que je ne me sois pas affolée d'avoir perdu le toucher. Non, non, ce n'est pas anodin et aucune communication scientifique sérieuse ne répertorie l'hypoesthésie comme symptôme du virus. C'est soit un signe de vieillesse, soit un signe de maladie grave, me dit-il. Compte tenu de votre âge, je penche pour la deuxième option, c'est préoccupant.

Il me prescrivit des examens que je ne fis pas. J'étais attachée à cette perte, qui m'obligeait à utiliser mes autres sens avec plus de magnitude. Je constatais que je faisais paradoxalement preuve de plus de tact envers mon entourage, m'assurant de ne jamais déranger et cherchant mes mots pour exprimer ce que je pensais avec le plus de délicatesse possible. Mon esprit compensait ce que ma peau me refusait.

Julien et moi ne faisions plus l'amour car il était inenvisageable de ne plus ressentir l'abandon s'étalant dans nos peaux nues, et je le trouvais plein de tact lui aussi, on continuait de se blottir l'un contre l'autre le soir. Il me parlait comme à une amnésique et me racontait de sa voix tendre notre histoire depuis le début, Tu sais, quand tu as débarqué en salle des profs avec ta robe jaune évasée et ton panier en osier. La première image que j'ai eue de toi, c'était celle d'un oiseau prêt à s'envoler, et que je voulais retenir.

5

Et de nouveau, la main tendue vers le téléphone avant l'aube, un sursaut glacé à la lecture des mots annonçant la guerre aux confins de l'Europe, une douche prise dans un état second, non, ce n'est pas acceptable de faire couler de l'eau si simplement, de se sécher et avaler un café, courir vers le métro alors que d'autres courent au même instant vers des stations transformées en abris. Je tentai de raccrocher l'événement à l'Histoire avec les élèves. C'était possible à première vue, j'avais tous les éléments à ma disposition. Pour comprendre ce qui se produit là, aujourd'hui, on va remonter au dix-neuvième siècle, on va passer par la révolution d'Octobre, la grande famine organisée par Staline et ses millions de morts, la Deuxième Guerre mondiale, la chute du mur de Berlin et l'éclatement de l'Union soviétique, on va disséquer les récits mensongers, ils sont la peste qui gangrène l'Histoire. Il faut lutter contre tous les mensonges, comme ce président capable de lancer aux membres du Parlement européen : Je ne vous dirai ni bonjour ni bonsoir, car ces mots ont perdu leur sens.

Je consultais mon téléphone portable en plein cours pour suivre les nouvelles, j'accomplissais chaque action en pensant qu'elle paraissait iréelle à quelques heures de là. Mon cœur était à l'Est, où le temps se diffractait en alertes, sursauts, bombardements, fuites, et moi j'étais à l'Ouest.

La superposition des réalités est permanente, tu le sais mieux que n'importe qui, me dit Julien, qui encaissait le choc avec sa sensibilité nimbée de chiffres, de courbes, de formules qui me fascinent et auxquels je ne comprends pas grand-chose. J'enviais sa matière qui ne se battait pas à chaque instant avec les actes des hommes et leurs conséquences. Arrêtez le monde, ouvrez la porte arrière, je voudrais descendre, disait la voix dans ma tête, tandis que les jours confirmaient que la guerre durerait, décevant ceux qui avaient soutenu qu'elle n'éclaterait pas, se ravisant devant les faits et prédisant qu'elle ne durerait que quelques jours, ceux qui hypothésaient, croyaient savoir, affirmaient. Je puisais dans les nappes les plus souterraines de mes forces pour continuer d'enseigner l'organisation des mouvements ouvriers en Allemagne au début de l'ère industrielle, parce qu'il fallait aller au bout du programme, je ne pouvais en dévier trop longtemps en consacrant mes cours à l'actualité. Je fournissais de plus grands efforts encore pour écouter Lola me parler d'une nouvelle histoire d'amour qui *foutait la merde* dans son groupe d'amis, tout le monde se disputait soudain et se faisait des reproches, elle ne comprenait pas pourquoi et je crois que je comprenais, mais à la place de son visage lorsqu'elle me parlait je voyais une carte dont le périmètre Est se hachurait, des villes qui tombaient, d'autres qui étaient menacées, des vies percutées de plein fouet, à chaque instant, dans une cour, une cuisine, un abri et des jeunes gens à peine plus âgés qu'elle pulvérisés par un obus ou criblés de balles, sa voix me vrillait les tympans soudain, Oh, tu m'écoutes pas là, maman, ça se voit, j'en ai marre.

Mon grand-père non plus n'écoutait pas vraiment quand je lui parlais, mais je ne lui en faisais pas le reproche, il y avait toujours une surprise qui surgissait dans le magma de ses mots, une phrase qui me laissait penser qu'il retrouvait la raison quelque secondes, le temps de me comprendre et me répondre, Sois légère, Mama, accepte d'être une plume volant sur une canopée, et je me demandais d'où il sortait ce mot qu'il n'avait jamais employé, et ce jour-là il était très volubile, toutes les expressions que je lui connaissais étaient passées sur son visage. Je vais préparer des pâtes à la sauce tomate avec des boulettes pour ce soir, c'est ta grand-mère qui va être contente, et après, on fera l'amour, c'est comme ça que vous dites. Nous on le disait pas, on le faisait, mais il faut vivre avec son temps hein, et prendre le volant pour s'envoler de son pain quotidien. Enlève-moi ce tissu de la figure, tu ressembles à un putois, qu'est-ce qui te prend de te cacher, c'est une nouvelle mode ? Elle est jolie ta jupe, on dirait un coqueliplot, y a pas un bel homme qui veut se marier avec toi ? Parce que sans amour, on va pas plus loin que le bout de son petit doigt. Allez, mets-moi une musique avec ton appareil, non, chante-moi quelque chose, et je lui avais chanté *The Gypsy's Wife*, parce que dans mon souvenir ma grand-mère ressemblait à une gitane avec ses mèches grises s'échappant de son fichu, ses airs de sorcière tour à tour dure et tendre, et il m'avait écoutée les yeux fermés avant de dire, un bon rock'n'roll, ça fait du bien par où ça passe. Laisse, laisse, ça sent mauvais ici. C'est quoi cette puanteur ? Je suis sûr qu'un cheval a la dysenterie dans l'armoire, vérifie.

J'avais contemplé ses pantalons, ses tricots de peau, ses slips, ses chaussettes, ses chemises, ses cardigans et ses cravates. Sois tranquille, papi, l'odeur va disparaître, le cheval est pris en charge, lui avais-je dit, la gorge un peu serrée, et il avait éclaté de rire, Je t'ai fait une farce, comment veux-tu qu'un cheval entre dans une armoire ?

Sa mort se résuma à une phrase en *si* bémol majeur prononcée au téléphone, un baiser sur son profil d'oiseau glacé, un cercueil se cognant contre les parois de la fosse, un kaddish prononcé par mon père qui s'emmêla les pinceaux sur le passage *à jamais et dans tous les temps du monde* car il n'était qu'allitérations en hébreu, et, surtout, un sac en tissu où le sigle bleu et vert de l'institution de gériatrie surplombait un soleil couchant. Il contenait l'aimant de ma grand-mère, la montre de mon grand-père, et une dizaine de pages tapées à la machine. La directrice de l'établissement me le tendit au cimetière, où j'avais mis quelques secondes à la reconnaître, parce que son visage, hors du contexte de l'établissement, me paraissait étranger et familier à la fois. J'avais éprouvé un élan de gratitude que je lui avais exprimé, C'est beau de vous voir ici. Ah, c'est pas que je vais à tous les enterrements vous savez, j'aurais pas le temps, mais celui de M. Karsenti, je voulais pas le rater. Il était gentil votre grand-père. Il nous faisait beaucoup rire, c'est pas si fréquent dans notre métier. Tenez, c'était dans sa table de chevet. Vous pouvez garder le sac, ça vous fera un souvenir.

La forêt pendant des siècles m'a bercé, je me suis nourri de pluie, de lumière et de vent, de pépiements d'oiseaux, d'excréments de chevreuils, de renards et de chouettes effraies. Dans la terre fraîche des Vosges j'ai pris doublement racine, j'ai été épicéa, et mes aiguilles étouffaient les murmures alentour pour mieux distinguer le chuchotement du ruisseau qui m'abreuvait. J'ai été bois élastique et mes écailles fines, que la plus petite griffe d'écureuil écorchait, se sont endurcies pour me protéger, garantissant l'afflux de sève dans mes veines, sucrée et collante, sombre et vitale. J'ai vécu cent ans près de l'arbre dont les bourgeons m'avaient donné la vie, et lorsqu'il a commencé à s'affaiblir sous l'assaut de la rouille, j'ai entrelacé mes racines dans les siennes avec plus de force pour le sauver, des cernes sombres témoignent encore de mes efforts. Des hommes ont hurlé en cognant leur tête contre moi, j'ai écouté leur souffle, leurs cris, leurs silences, et entre deux batailles, des enfants chantaient en faisant un cercle dont j'indiquais le centre. Voix de ruisseaux, de voyous ou d'anges, qui me dira dans quelle langue ils chantaient, dans quel dialecte ils se jetaient des jurons à la figure et parfois, sans raison, ils crachaient sur moi.

Une femme s'est agenouillée à mes pieds, elle m'a martelé de son poing serré, ses coups ont creusé une empreinte perceptible de moi seul, et le lendemain, un homme et une femme se dénudaient au même endroit, ils ont gémi ensemble, laissant derrière eux une parcelle de terre mouillée.

J'ai été érable ondé, et mon feuillage filtrait les rayons du soleil avant de rougir et s'agréger en humus qui me donnait la force de traverser l'hiver. La neige s'est posée sur moi pour révéler mes contours, sa froidure a brossé mon écorce, année après année. J'ai été en proie au gel, j'ai résisté en retenant mon souffle, guettant la vapeur chaude qui m'envelopperait quelques mois plus tard, je le savais, elle revenait même après les jours les plus sombres et les nuits les plus glaciales. J'ai abrité des nids, des lecteurs solitaires, des hommes pourchassés, je me suis tordu dans des nuits de tempête et j'ai soupiré faiblement sous les soleils d'été. Je dis je, mais j'ai été multiple, d'emblée, et pendant des siècles. J'ai été ébénier en Inde, j'y ai abrité un cœur noir, pur, incroyablement lisse et désirable. J'ai été palissandre au Brésil, trois hommes pouvaient m'enserrer, bras écartés, ils coupaient parfois mes branches pour se réchauffer, je humais l'odeur de mon bois brûlé, vivant et mort à la fois. Partout je vivais entre terre et ciel, j'étais là bien avant les hommes qui suèrent et saignèrent pour m'abattre, tranchant mon tronc à la hauteur de leurs genoux, une coupe nette dévoilait pour la première fois mes veines, mes cernes, mon tendre duramen, toujours renouvelé. S'il n'y avait les tempêtes qui déracinent, les maladies qui rongent, les scies qui décapitent, oui, il faut le croire, si rien n'avait entamé mon enracinement et mon élan, j'aurais connu l'éternité dans la forêt.

De ses mains, il a éprouvé ma finesse, mon parfum, mon éclat, il a pris le temps de me porter à son oreille, qu'entendait-il à travers deux planches de bois ? À sa façon de me toucher, je percevais qu'il avait passé de longues heures parmi nous, il s'était peut-être même adossé à moi un jour d'été, à la recherche d'ombre et de contemplation. Sa voix était semblable à ses mains, délicate et chaude, assurée aussi, il n'était qu'un jeune homme mais il savait écouter ses sens, il savait le temps des arbres et de la terre, et parfois la nuit son corps se faisait plume, il glissait dans ses rêves sur une canopée. Il m'a saisi, moi l'épicéa, moi l'érable ondé séchant depuis des mois en planches inexpressives, dénudé de mon écorce, débité, taillé, éparpillé, il m'a enveloppé d'un linge doux, et il est rentré chez lui à pied, me serrant contre lui.

Il a tracé mes courbes et sa main ne tremblait pas. Il m'a taillé au ciseau, à la gouge et au petit rabot, des copeaux se détachaient de moi, crémeux et transparents, longtemps il a cherché la bonne épaisseur, l'équilibre de mon fond, de ma table, il a dessiné des ouïes gracieuses et ce jour-là, son souffle s'est fait plus lent, un vent d'été presque immobile, rien ne pouvait le distraire, il cherchait ma perfection. Il m'a fait tournoyer contre son oreille en martelant ma surface de ses doigts, cherchant une résonance que lui seul était capable d'entendre. Il a découpé mes éclisses en moi, l'érable ondé, m'enroulant autour d'un gabarit et me pliant doucement à chaud, il m'a renforcé de contre-éclisses et de tasseaux. Il a taillé en moi, l'épicéa, une table d'harmonie. Il a cessé de me toucher pendant quelques jours pour fabriquer de la colle d'os, de nerfs et de peau de lapin qu'il a chauffée pendant plusieurs heures.

Des poils ont enduit mes contours de colle et moi, épicéa devenu fond, moi érable devenu table, nous nous sommes rejoints, serrés l'un contre l'autre par de multiples presses, et tandis que nous apprenions à rester unis pour ne faire qu'un, il m'a taillé en manche et sculpté en volute où s'enroulaient des pleins et des déliés, il a découpé l'ébène qui avait traversé les océans et l'a poli pour obtenir une touche parfaite, et en moi palissandre qui venait de loin aussi il a taillé des chevilles sombres, lisses et brillantes.

Il a mélangé l'alcool, la sandaraque, le mastic en larmes, le sang-dragon, le copal et la gomme élémi, et les effluves de résine nous ont enveloppés dans une aube de printemps.

Dix-huit fois il m'a caressé de son pinceau enduit de vernis qui telle une nouvelle écorce me protégeait et me permettait de respirer.

Enfin, il a introduit en moi une âme de sapin, a enroulé les cordes autour de mes chevilles et calé le chevalet fin comme une dentelle de givre. Cent vingt lunes s'étaient écoulées, alors sur mon dos il a gravé

Chappuy
Paris

Il m'a porté vers son visage, m'a calé entre sa joue et son épaule, le creux de sa main a accueilli mon cou gracile, des crins sont venus se poser sur mes cordes, la queue d'un cheval rencontrait les boyaux d'un agneau. Combien de temps sommes-nous restés ainsi ? C'était l'immobilité épaisse qui précède les tempêtes, les batailles, les secondes où les oiseaux se taisent et les rongeurs se terrent. Les crins ont effleuré mes cordes, ses doigts ont tourné doucement mes chevilles, il fouillait mon corps à la recherche d'un son, puis deux, trois, quatre, les crins se sont élancés avec vigueur cette fois, un tremblement a explosé en moi, les ondes parcouraient ma table, mes éclisses, elles s'enlaçaient autour de mon âme et se pressaient pour s'échapper par mes ouïes. Sabots de biches martelant la terre, bruissements d'ailes, pépiements d'oisillons, vif écoulement d'eau, brise, rosée, caresses de fougères, tout cela à la fois, mêlé dans le va-et-vient des crins enduits de colophane dont l'odeur m'affolait. Je reconnaissais la résine de mes frères, elle m'offrait le monde que j'avais perdu, des effluves boisés, ambrés et musqués qui m'inondaient tout entier sous ses doigts pressant les cordes contre la touche d'ébène dans une course aux sauts innombrables, un point était à peine atteint qu'un autre surgissait déjà, et les bourgeons s'épanouissaient, les abeilles travaillaient avec ardeur, le pollen se déplaçait en nuées dorées, la forêt s'éveillait, les glands s'écrasaient au sol, bondissaient hors de leur gangue,

un silence soudain, ça ne pouvait pas s'arrêter, c'était impossible,

mais les doigts ont repris leur course, la brûlure du soleil s'est faite mordante, l'eau s'est raréfiée, les racines se sont enfoncées plus profondément sous terre pour s'abreuver. La torpeur gagnait la forêt, des nuits courtes et chaudes se succédaient, des jours longs et secs, et les rongeurs, sans relâche, sillonnaient la terre pour amasser de quoi se nourrir, les rayons de lumière éclaboussaient les feuillages qui s'en enivraient mais avaient soif aussi,

un silence, encore, je n'acceptais pas qu'il arrête, heureusement,

les feuilles ont roussi, se sont détachées des rameaux pour tournoyer dans les airs, la mousse et les champignons poignaient, les oiseaux s'envolèrent vers d'autres terres, dans le secret de l'arrachement et de la migration. J'étais prêt à affronter le froid que je devinais sous ses doigts, et il a trouvé en moi la pluie et la grêle, et les nuits devinrent plus longues que les jours avant qu'un calme ouaté n'enveloppe la moindre brindille. Du ciel se sont déversées des myriades de flocons dans une lenteur têtue, douce et glacée, la blancheur se battait contre l'obscurité, la peur de mourir, la hantise des branches qui ne donneraient plus de fleurs ni de fruits, jamais, on le craint tant, on se croit vaincu, toujours vaincu par l'hiver.

Les crins m'ont quitté, il m'a détaché de son épaule, quelques gouttes ont coulé sur mes éclisses pour pénétrer mon vernis encore frais, j'en garde la trace en moi, les larmes de l'homme qui pour la première fois joua de moi.

Il abattit un soir sur moi l'archet avec rage avant d'en maîtriser la pression pour moduler des sons à la mesure de ce qu'il avait en lui, je sentis la brûlure de cet homme, ses hésitations avant de me reposer. Il me trimballa le lendemain dans un étui, ses mains me tirèrent à l'air libre et ce ne fut plus l'air saturé de vapeurs d'huile et d'alcool, ce ne fut plus la pénombre chaude de la pièce où je vivais mais le frémissement du vent, le murmure des feuilles, les taches de soleil mouvantes, l'humidité de la terre et tout ce qu'elle contient, tout ce qui m'a nourri, tout ce qui m'a donné mes premières vies là, si proche, un monde ancien pourtant, celui d'où je viens, me reconnaissaient-ils comme un des leurs, ces frênes, ces chênes, ces tilleuls et ces noyers ? Je projetais les notes au plus loin, je voulais les atteindre au plus profond de leur enracinement et jusqu'au houppier, il était venu ici pour moi, je le savais, il était venu chercher l'accord parfait entre les sous-bois et les bois dont je suis fait, il avait voulu me ramener à la source, et ce jour-là, la sève est de nouveau montée en moi, mes aiguilles se sont gonflées de sucre, un leurre peut-être, peut-être pas, ce qui vibre en moi est bien plus fort que ce qui est tangible ou pas.

*

S'il te plaît, garde-le, a-t-il chuchoté, tu auras peut-être un enfant un jour à qui tu le donneras, et dans ses yeux il y avait de l'amour, de l'inquiétude, une supplique, je crois qu'il l'aimait plus que ma mère et moi réunis, même s'il a toujours été un homme doux, mon père, même s'il n'a jamais levé la main sur moi. Pas de torgnoles, pas de calottes, pas de gifles, il était travailleur et sérieux. Thibaut ne boit pas, disait ma mère d'une voix gonflée de fierté et de soulagement. Il ne la battait pas non plus, il la prenait doucement le soir et parfois à l'aube, je me retournais sur ma couche mais j'entendais qu'ils se rapprochaient dans des froissements de draps et des chuintements de chair humide, pourtant ma mère n'a jamais porté d'autre enfant que moi, je suis le seul et unique fils de mes parents, malformé et instruit, je sais lire et écrire, il y a tenu. Les temps changent, disait-il, ceux qui savent coucher les mots sur le papier et les détacher d'un regard d'une page vont conquérir le monde. Il ne disait pas, toi, avec ton bras gauche qui pend comme une branche morte, tu ne pourras pas exercer mon métier, je vais mourir sans laisser derrière moi une descendance de luthiers, mais je sentais sa peine, et le ressentiment qu'il tentait de dissimuler au fond de son regard vert tilleul, c'est ainsi, les parents en veulent parfois aux enfants de ne pas leur ressembler suffisamment, et quand ils leurs ressemblent trop c'est pire encore, ça les rend fous, c'est arrivé à César, le fils du forgeron de la rue du Vertbois, il était la copie de son père, on pouvait croire que ce dernier s'était dédoublé, et il avait donné à son fils ses yeux, son nez, sa bouche, sa peau rouge, ses gestes brusques et il ne le supportait pas, il s'acharnait sur lui comme sur une outre scellée que l'on veut faire exploser par jour de grande soif, et sa femme le suppliait d'arrêter, c'est ton fils, criait-elle, tu le vois bien que c'est ton fils puisqu'il ne ressemble qu'à toi. César un jour ne s'est plus relevé, son père est allé jeter son corps dans la Seine, à tous il a dit que son fils était parti faire des vendanges dans le Midi, mais moi je savais la vérité, j'avais tout vu entre deux planches de bois disjointes tandis que je recopiais :

Au commencement était le Verbe, le Verbe était chez Dieu et le Verbe était Dieu.

Il était au commencement de Dieu.

Tout a existé par lui, et rien de ce qui existe n'a existé sans lui.

En lui était la vie et la vie était la lumière des hommes.

La lumière brille dans les ténèbres, et les ténèbres ne l'ont pas trouvée.

C'est faux, disait mon père, au commencement était la musique, la terre chantait, tonnait, martelait, mais les hommes veulent croire qu'ils sont au commencement de tout avec leur Dieu, or il y avait la nature, c'est d'elle que nous sommes nés, et ma mère se signait à ces mots, elle chuchotait, tais-toi, le malheur vient à celui qui ne croit pas, et quand elle prononçait cette phrase, j'entendais qu'elle parlait de moi, du malheur de mon bras inutile. Mon père haussait les épaules et retournait dans son atelier, il y a passé sa vie, et la lampe à huile qui l'éclairait l'a plus souvent côtoyé que moi, elle s'est brisée lorsque je suis venu vivre à Bruxelles, et le violon a pris quelques coups aussi dans le voyage malgré mes précautions, des encoches se sont inscrites sur ses filets. C'était son instrument, le premier qu'il a fabriqué seul, celui qu'il a gardé toute sa vie et dont il a joué chaque jour, et dans ses dernières semaines il pleurait en silence de ne plus pouvoir le tenir, il aurait voulu mourir en jouant alors il avait demandé qu'on le couche près de lui. C'est lui son fils véritable, j'ai pensé, parfaitement proportionné, parfaitement dessiné, lui qui ne l'a jamais déçu. J'ai aimé autrefois entendre mon père jouer, mais je le haïssais aussi. Dans ces moments-là, il fermait les yeux ou avait un regard qui ne me voyait pas, il cherchait à oublier mon bras insensible et inerte. J'ai appris à me battre d'un seul poing et à courir vite, je m'exerçais à porter des charges avec les dents, à huit ans j'ai soulevé un seau d'eau, laisse, m'a dit ma mère, tu n'es pas une bête.

Pourtant, c'est ainsi que l'on me regardait, et mon imperfection restait indélébile dans les yeux de mon père, et parfois, il cherchait de ces mêmes yeux son violon comme pour se laver de moi, retrouver la beauté, la symétrie des éclisses et des ouïes, il tendait la mèche de l'archet et jouait Bach en hiver, Vivaldi en été, tous les soirs, à la nuit tombée, il jouait tant que je ne l'ai jamais connu autrement qu'avec une clavicule et un maxillaire irrités à force d'être comprimés, et dans les semaines qui ont suivi la mort de ma mère, il a tant joué que sa clavicule a saigné.

Pendant des années j'ai fait le même rêve : je fracassais l'instrument, le bois fendu poussait un gémissement, mon cri étranglé me réveillait.

Je l'ai gardé pourtant jusqu'à la chambre minuscule de Bruxelles perchée au-dessus de l'imprimerie Lacroix où l'on m'a embauché, le travail me laisse peu de répit, je dois prouver à chaque instant que mon bras invalide ne me ralentit pas. Je saisis les caractères typographiques d'une main et les aligne avec la dextérité d'un pianiste, ils forment les phrases du roman de M. Hugo que nous terminerons d'imprimer demain soir, nous y avons travaillé jour et nuit. C'est moi qui suis chargé de reporter les corrections de l'auteur, ici une virgule à enlever, là une majuscule, parfois j'aperçois une faute et la corrige, je lis à l'endroit, à l'envers, mon père avait raison, les hommes qui savent lire et écrire vont dominer le monde, et M. Hugo, avec ses Misérables, *va sûrement provoquer une nouvelle révolution, il y croit, il l'a écrit au début du livre :*

Tant qu'il existera, par le fait des lois et des mœurs, une damnation sociale créant artificiellement, en pleine civilisation, des enfers, et compliquant d'une fatalité humaine la destinée qui est divine ; tant que les trois problèmes du siècle, la dégradation de l'homme par le prolétariat, la déchéance de la femme par la faim, l'atrophie de l'enfant par la nuit, ne seront pas résolus ; tant que, dans certaines régions, l'asphyxie sociale sera possible ; en d'autres termes, et à un point de vue plus étendu encore, tant qu'il y aura sur la terre ignorance et misère, des livres de la nature de celui-ci pourront ne pas être inutiles.

Lorsque j'ai composé ce passage, ma main a tremblé sur les mots l'atrophie de l'enfant par la nuit. *Ils étaient à la fois plus brumeux et plus clairs que* la dégradation de l'homme par le prolétariat, la déchéance de la femme par la faim, *ils désignaient un mal plus vaste et insaisissable, comment pouvait-on le combattre ? Quelle est cette nuit qui atrophie les enfants ? Et je n'ai pu m'empêcher de regarder mon bras mort.*

Dans la rotation de la presse j'ai vu apparaître le visage de mon père. Il voulait se glisser entre les mots, de quel droit je l'ignore, mais le reflet de son visage tournoyant dans les phrases me poursuivit dans la nuit, une pluie violente dardait la lucarne, j'avais froid, j'avais beau m'envelopper dans mon manteau, je claquais des dents. J'ai sorti le violon de son linge et l'ai porté à mon oreille. J'ai pensé : le violon veut jouer, il réclame mon père. Quelques planches de bois découpées et vernies ne possèdent pas de volonté, pourtant je l'entendais gémir, il se tortillait à présent, il voulait les mains de Thibaut, les doigts de Thibaut, il avait besoin d'être joué et je ne pouvais rien pour lui, il va mourir, je pensais, et mon cœur explosait dans ma poitrine. Je suis impuissant, j'ai dit, je suis impuissant et fou, si je reste dans la même pièce que lui je meurs, et j'étais déjà dehors, trempé et lourd, je ne distinguais pas même les pavés. Un chien s'est cabré à ma vue, il a poussé un aboiement et son regard dans l'ombre brillait d'un ressentiment que je n'ai pas supporté alors je lui ai parlé, il a pointé les oreilles vers moi et m'a écouté, immobile, sévère. Ne me juge pas, je l'ai imploré, ne juge pas un homme qui ne peut tirer aucun son du violon de son père, je sais lire et écrire, on peut changer une vie avec ces capacités-là, qui dit que les fils doivent reprendre le flambeau des pères ? Il s'est approché pour lécher ma main inerte, je ne sentais rien mais je voyais, j'ai marché jusqu'à la rue Saint-Laurent. Je n'avais jamais osé entrer dans une tabagie, mais ce soir-là j'ai osé, j'ai donné dix francs en échange d'un jeton sur lequel était gravé Palais oriental, *je l'ai gardé dans ma main valide jusqu'à ce que la tenancière me pousse vers une chambre et dedans la fille était rousse, maigre et à moitié nue, elle m'a dit quelques mots en flamand que je n'ai pas compris. Elle a ôté mon manteau trempé, à la lueur des bougies mon bras inerte était repoussant, cette vision l'a radoucie pourtant, elle s'est collée contre moi en chuchotant d'autres mots que je ne comprenais pas et elle non plus ne comprenait pas ce que je lui disais alors je l'ai appelée Fantine, je lui ai dit c'est toi Fantine, allonge-moi dans ta couche et fais de moi un homme, fais-moi oublier la nuit, la terreur du violon muet, efface mes cauchemars, efface la vision de mon père sur son lit de mort, joue de mon corps comme il jouait de son instrument, pose-moi dans le creux de ton cou, c'est là que j'ai toujours voulu être, dans son creux à lui, et la fille qui ne comprenait pas passait sa langue et ses mains sur mon dos, sur ma poitrine, les mots fous s'évanouissaient enfin sous mon crâne, je ne sentais plus que sa peau, la mienne, les draps qui s'enroulaient autour de nous et que nous repoussions, ses cuisses qui s'écartaient pour m'accueillir, j'avais les doigts emmêlés dans ses cheveux, j'ai lâché un cri sourd.*

Mon corps était las sur le chemin du retour, mais il portait la mémoire d'une vigueur impatiente. Je reviendrai, je lui ai dit, je reviendrai te voir pour que tu me sortes de la nuit, pour voir des étoiles en fermant les yeux quand tu m'accueilles en toi, et le lendemain, en sortant de l'imprimerie, je suis allé rue Grétry, j'ai montré le violon à un marchand qui m'en a proposé deux mille francs. J'ai calculé le nombre de nuits où je pourrais retourner voir Fantine, il augurait de quelques années bienheureuses en y allant une fois par semaine, je lui ai dit oui.

6

L'histoire s'arrêtait là.

Je retournai tous les pages à la recherche d'un nom, une signature, un paraphe, une année.

Rien.

La présence de ces dix feuillets tapés à la machine dans la table de chevet de mon grand-père était incompréhensible. Comment avaient-ils pu m'échapper jusque-là ?

Je pensai hâtivement que le seul point commun entre le texte et lui était le violon, dont il avait appris à jouer sous d'autres latitudes et autrement, loin des forêts, loin de Bach et Vivaldi, que je lui avais fait découvrir plus tard. Tu sais, papi, il existe d'autres musiques que la musique orientale, ça pourrait te plaire, ça dessinera d'autres images en toi que tu chériras peut-être.

Aucun lien de parenté connu avec la langue employée, le luthier, le fils infirme, les Évangiles, Bruxelles, Hugo.

Je voyais mon grand-père face à un miroir sans tain qui ne reflétait rien de François Karsenti dit Fraji, né le 1er juillet 1924 au Kef, marié le 19 septembre 1943 à Tunis à Mathilde

Ayad, dite Maïssa, arrivé en France le 30 juin 1968, naturalisé français par décret paru au *Journal officiel* le 8 décembre 1981, manutentionnaire dans le Sentier puis à Rungis, parce qu'il s'était disputé avec son patron qui était par ailleurs son cousin, et qu'il avait décidé une bonne fois pour toutes qu'on ne travaille bien qu'avec des étrangers, c'est-à-dire, dans sa bouche comme dans celle de tous les miens, des gens qui ne sont pas de la famille.

Je relus le texte plusieurs fois. D'insolite, il me devint familier. Mais une familiarité qui restait cantonnée à la musique du récit à deux voix, celui des arbres-violon et celui du jeune homme qui se débattait avec l'héritage de son père. J'avais l'impression de survoler une clairière découpée dans une forêt impénétrable. Un message y était-il tracé ou était-ce la houle des herbes agitées par le vent ? Le mystère m'absorba plusieurs jours, tiraillant ma poitrine entre la respiration profonde insufflée par le récit et le souffle coupé par les images d'Ukraine qui continuaient de m'assaillir, les chars russes tatoués de Z, les immeubles effondrés, les visages marqués au fer de l'inquiétude et le manque de sommeil. La peine qui suivait la mort de mon grand-père se lustra d'une teinte marron-vert visible de moi seule. C'est bon, il a vécu presque un siècle, il a survécu à la guerre et à la pandémie, c'est énorme, tu te rends pas compte, me dit Ashley, un matin où la deuxième sonnerie résonnant dans la salle des profs ne déclencha aucun mouvement chez moi.

Et alors ? Sa mort n'était peut-être pas un scandale, encore que, mais son absence me déroutait. Elle engloutissait la poésie de sa démence, son affection tournée vers l'adolescente qu'il avait vue en moi jusqu'au bout, ses rides qui m'étaient toujours apparues comme une passerelle de cordes me reliant à un autre temps. Raconte, raconte-moi comment c'était quand tu étais petit, raconte-moi Carthage, la guerre, la France en terre étrangère, les ouvriers, les Italiens, ton arrivée à Paris, ça t'a fait quoi de changer brusquement de vie ?

Ça va madame ? me demandèrent Chloé et Habiba, qui avaient fait exprès de traîner à la fin du cours sur l'évolution de l'économie chinoise de 1990 à nos jours. On s'inquiète pour vous, vous avez l'air triste. C'est à cause de la guerre ? Elle passera, vous savez, alors que le réchauffement climatique, lui, il va pas passer, et il va faire beaucoup plus de morts. Et puis elles avaient esquissé une grimace. Bon, c'est pas ça qui va vous donner le moral, mais c'est plus cool quand vous souriez quand même, on comprend mieux ce que vous dites.

J'avais souri.

Je m'isolai pour téléphoner à la directrice de l'institution pendant la récré de dix heures. Pouvait-elle enquêter ? Fouiller la chambre à la recherche d'autres chapitres ? Demander aux résidents si l'un d'eux, l'une d'elles, avait écrit ce texte et l'avait offert à mon grand-père ?

Ils sont plus d'une centaine et ils ont quasiment tous la mémoire qui flanche, me répondit-elle, ça va être coton, votre demande, je ne vous promets rien, et en effet elle ne tint pas la promesse qu'elle n'avait pu faire.

Je relus le texte. Soulignai les mots *accord parfait* et inscrivis à côté un point d'interrogation et un point d'exclamation.

J'allai rendre visite à mes parents qui avaient conservé dans leur cave quelques affaires lorsqu'ils avaient vidé la maison de mes grands-parents. Le violon était là, couvert d'un tissu rouge élimé, une corde manquante, les autres si détendues qu'elles flottaient. Je le retournai. Sur son dos il était gravé

Chappuy
Paris

Malgré ce rapprochement, mes parents n'avaient pas la moindre idée de la provenance du texte, mais ils me proposèrent de prendre le violon.

Le décalage entre les événements et ma capacité à les intégrer devenant un canyon infranchissable, je pensai : la membrane d'interrogations qui m'entoure étouffe chez moi la compréhension et le toucher, peut-être situés dans la même zone du cerveau. Je proposai cette hypothèse à mon médecin, qui la réfuta. Ne vous improvisez pas chercheuse en neurologie, madame Karsenti, faites les examens que je vous ai prescrits, c'est une question de vie ou de mort, je vous le dis franchement. Je ne peux pas vous forcer, vous avez votre libre arbitre mais quand même, soyez un peu responsable de vous-même. Je pris ces derniers mots à la lettre, dans un autre sens que celui où il les entendait. Je visionnai encore les quatre minutes et deux secondes de Leonard Cohen quittant la scène à Jérusalem, et je compris enfin ce qu'elles me disaient. Ici, maintenant, dans mon cours d'eau qui continuait de s'écouler.

Devant des milliers de personnes littéralement à ses pieds, Leonard Cohen osait admettre : je suis peut-être votre roi, mais ce soir je suis nu,

autant ne pas se mentir.

Il le faisait avec douceur, poésie, intransigeance, et j'ai noté ces trois mots sur une feuille, et je les ai regardés matin et soir tandis que la destruction s'amplifiait en Ukraine, et le septième jour j'ai annoncé à Julien et Lola que je partais avec la petite somme de l'assurance-décès contractée par mon grand-père dans un miraculeux moment d'égarement au temps où il avait sa raison, il n'était pas du tout du genre à envisager sa propre mort. À l'intérieur, j'ai toujours vingt ans Mama, tu sais ? Le temps passe et ne passe pas en moi.

Devant leurs mines ahuries j'ai affirmé : Pas de quoi paniquer, vous vous passerez de moi le temps des vacances de printemps mes amours, ce départ n'a rien à voir avec vous. Comprenez, je ne peux plus tricher, faire comme si je savais alors que je ne sais plus rien. Je veux quitter l'Europe, aller vers l'inconnu, le coruscant peut-être, et Lola a demandé pourquoi je ne pouvais pas m'exprimer normalement, plutôt qu'avec des mots que même sa prof de français n'employait pas. J'ai contemplé ses yeux myosotis, sa peau translucide, sa grimace agacée qui donne l'impression que ses traits déraillent. J'ai revu son visage de naissance avec une netteté inouïe, les lambeaux de ténèbres encore accrochés à ses yeux quand on me l'avait tendue, l'énigme que je n'étais pas parvenue à déchiffrer. J'ai souri longtemps au visage de la nouvelle-née décalqué sur celui de l'adolescente, puis, sous la pression de sa bouche qui articulait, Oh maman, tu me reçois, là ?, j'ai répondu Douceur, poésie, intransigeance, et elle a crié, Papa, on est en train de perdre maman, appelle les urgences psychiatriques, mais Julien a mobilisé tous ses muscles faciaux pour composer une expression rassurante, et il l'a entraînée dans sa chambre. Les phrases ont filtré à travers la cloison jusqu'à mes tympans rompus à l'écoute, Non, ta mère n'est pas folle, elle a toujours été comme ça, percutée par les événements, mais ces temps-ci un peu plus que d'habitude. Elle a besoin d'être seule, elle a besoin d'être libre, et quand on aime vraiment quelqu'un, on accepte qu'il le soit.

Sa voix tremblait un peu, peut-être parce qu'il parlait d'amour, peut-être parce qu'il voulait masquer l'inquiétude que lui inspirait tout de même ce départ.

7

Agis d'abord, tu comprendras ensuite.

J'ai passé les dix-huit premières années de ma vie à me rebeller contre cette phrase, parce qu'elle signifiait surtout *contente-toi d'obéir* – de manger ce que tu n'aimes pas, d'embrasser des gens que tu ne connais pas, y compris cette femme au teint luisant et au rouge à lèvres qui déborde sur ses dents comme une faute d'orthographe, d'avaler un médicament dégueulasse, de prier un Dieu que tu ne vois pas. Je comptais les jours qui me séparaient de l'âge adulte, organisant secrètement mon évasion. Je me suis fait embaucher dans tous les immeubles possibles pour nettoyer les cages d'escalier, je montais jusqu'au dernier étage, seau et serpillière à la main, casque de walkman sur les oreilles, et je faisais glisser la serpillière trempée sur les marches de droite à gauche, de gauche à droite, l'eau limpide se teintait de marron sous mes yeux, gorgée de poussière et de crasse, j'essorais la serpillière, la retrempais dans le seau, et passais à la marche suivante dans un mouvement chaloupé, au rythme de la compilation que j'avais soigneusement élaborée pour le tempo des chansons, parmi lesquelles il y avait *I'm Your Man* et *Dance Me to the End of Love* sur une cassette de quatre-vingt-dix minutes glissée dans mon walkman autoreverse qui me faisait oublier le constat accepté à contrecœur dès le premier jour : si j'avais voulu atteindre une propreté parfaite, il aurait fallu changer l'eau du seau à chaque marche, ce qui était impossible. La propreté parfaite n'existait peut-être pas.

Bah alors, il paraît que tu fais des ménages ? me lança un jour une fille devant tout le monde à la cantine, parce qu'elle m'avait croisée en pleine action dans son immeuble, et je lui répondis, Les femmes de ménage t'emmerdent, ma cocotte, elles savent mieux que personne rendre le terne éclatant, et je pensais à ma grand-mère bien sûr, dont l'appartement minuscule était toujours d'une propreté riante qu'elle ne devait qu'à ses mains, après avoir consacré sa vie aux appartements des autres. La fille avait écarquillé les yeux si fort que ça avait modelé ses traits une bonne fois pour toutes, je me le racontais en tout cas, et me délectais de son air stupide quand je la croisais dans les couloirs du lycée. Elle détournait la tête dans une vivacité qu'elle voulait méprisante mais qui était surtout craintive, elle avait compris que j'étais forte, même si elle en ignorait la source : ces heures passées à plonger mes mains dans l'eau maronnasse du seau, et les dizaines de milliers de marches nettoyées tout au moins en apparence se transformaient en une somme gonflant comme une bonne pâte qui me permit de partir à l'Est lorsque le mur de Berlin tomba, parce que je voulais être là où l'Histoire se passait, puis de m'envoler pour New York, parce que j'avais été nourrie par le rêve américain du côté de mon père et je voulais respirer un autre air que celui de l'Europe, saturé d'Histoire, de crimes et d'espoirs que je n'arrivais pas à démêler. Je n'avais pas fixé de date de retour, je ne voulais aucune limite dans le temps, aucun compte à rebours, et j'avais annoncé à mes parents, Non, je ne m'inscris pas en fac, tant pis pour l'ascension sociale que vous espérez là, tout de suite, je ne ferai peut-être jamais d'études, et puis vous savez, y a que vous que ça impressionne, une licence, plus personne ne s'en émeut. J'agis, et vous comprendrez peut-être après, je vais découvrir d'autres terres. Les départs, c'est ce qu'il y a de plus beau, je le sens déjà, j'y vais. Et j'avais tu que je ne voulais plus être leur fille unique et l'unique objet de leur amour, je voulais exister loin d'eux, ne sentir que des regards neufs sur moi, j'avais lâché ciao ciao, c'est ainsi que je disais au revoir en ce temps-là.

*

Le même bruissement d'ailes m'accompagne quand j'indique au chauffeur de taxi de me conduire à Roissy-Charles-de-Gaulle, Vous allez où comme ça, c'est pour les vacances ou le travail ? Il est à quelle heure votre vol ? Je ne sais pas, je verrai sur place, j'agis, et les actions ne peuvent se déterminer longtemps à l'avance, elles s'articulent en accord avec les secondes et les minutes, c'est un mécanisme à la fois précis et indéterminé.

Plutôt fière d'avoir prononcé cette phrase, je comprends à sa mine dans le rétroviseur qu'il est mûr pour fonder avec Lola et quelques autres personnes l'amicale des gens qui me pensent folle. Il se contente d'augmenter le son de la radio branchée sur France Info. J'introduis mes écouteurs dans mes oreilles, et enclenche la playlist de Leonard Cohen, dont j'ai téléchargé tous les albums en prenant soin de les classer par ordre chronologique, pour percevoir la gravité creusée au fil du temps dans sa voix, plus bas, toujours plus bas, encore une octave caverneuse jusqu'aux abysses d'où l'on peut dire,

Des profondeurs j'ai crié.

II

1

En prenant mon billet à la dernière minute, j'ai hérité de la plus mauvaise place dans l'avion. Dernière rangée près des toilettes, siège non inclinable, serrée entre un Juif orthodoxe et une fille osseuse aux cheveux ras, piercing dans la narine droite, un tatouage ornant chacun de ses bras ; celui qui jouxte le mien présente un serpent enroulé autour d'une pomme dans laquelle il est écrit en hébreu *Je suis l'arbre de la connaissance.* Je me fixe pour mission de déchiffrer celui du bras gauche, j'ai cinq heures devant moi. Le Juif orthodoxe à ma droite évite soigneusement de nous regarder. Il a déplié ses jambes dans le couloir, ouvert sa serviette en cuir sur ses genoux, je guette avec gourmandise le livre qu'il en sortira car les recueils de commentaires sacrés ont toujours des titres fabuleux, *Les Chemins de la paix, Les Chariots pourpres, La Pierre de Salomon*, et leurs auteurs, des noms suivis de mentions évoquant leur statut de lumière ou de diadème des générations, mais c'est un sandwich soigneusement emballé qu'il porte à sa bouche après avoir baissé son masque et formulé une prière express où il remercie Dieu de faire sortir le pain de la terre et d'avoir tout créé par la parole. Des effluves d'œuf dur me transpercent avant d'atteindre ma voisine qui s'asperge de parfum le poignet droit dans lequel elle enfouit son nez en cherchant des yeux un soutien complice de mon côté. Je suis une parfaite inconnue, mais à cet instant je suis la seule personne au monde capable de la comprendre, et cela nous place dans une intimité très directe qui me permet de l'interroger rapidement sur ses tatouages. Quand les a-t-elle inscrits sur son corps, pourquoi, que représente celui du bras gauche, qu'elle brandit fièrement sous mon nez : un bouclier dans lequel on peut lire *Justice, justice, tu poursuivras.*

Je viens du même monde, me dit-elle en désignant notre voisin vorace qui entame un deuxième sandwich. Ça ne se voit pas, hein ? Pourtant, j'ai porté des robes aux manches longues et des bas blancs toute mon enfance, tiens, regarde, et elle sort son portable pour faire défiler des photos d'elle méconnaissable, cheveux noués en queue-de-cheval, joues pleines, regard indécis. Je connais encore toutes les prières par cœur, ça ne peut pas s'oublier, c'est inscrit dans mon corps, alors j'ai voulu y inscrire autre chose le jour où je suis partie, et j'ai changé de nom aussi, je m'appelle Ofek désormais.

J'ose remarquer qu'elle fait tout de même référence à la Bible sur ses bras, elle hausse les épaules. On ne se refait pas totalement, c'est tout. J'ai pris le meilleur et j'ai laissé le reste, toute cette hypocrisie prêchant le bien et faisant le mal.

Elle prononce les derniers mots avec une telle gravité que je me tais, de toute façon les moteurs commencent à bramer, je veux ressentir la seconde où l'avion s'arrachera de la terre, la puissance du décollage donne une idée physique de ce que peut être la transcendance, et je suis surprise de me sentir touchée par mon voisin qui murmure la prière de la route, tandis qu'Ofek me chuchote, Tu sais qu'ils ont actualisé la prière du voyage et en ont inventé une spéciale pour les trajets en avion ? Dieu maître du ciel, épargne-nous les tempêtes, les attaques de nos ennemis, et place bien les mains du pilote sur le manche de l'avion, empêche-le de s'endormir en utilisant la technologie que tu as créée.

Elle me demande depuis combien de temps je vis en Israël, mais elle ne dit pas Israël, elle dit la terre, c'est ainsi que ses habitants le nomment, comme si cette parcelle terrestre condensait tout le globe. Elle est surprise de m'entendre répondre que je n'y suis allée qu'une fois, à six ans, un voyage avec ma mère et mes grands-parents pour rencontrer des gens dont on me disait c'est la famille, comme on m'aurait dit c'est ta maison, même si tu n'y as jamais vécu. De gigantesques cafards volants, un hameçon rouillé planté par une vague dans mon genou sur la plage de Netanya, un grand-oncle cordonnier qui m'avait émerveillée en fabriquant des sandales rouges à ma pointure une après-midi, une citronnade et un brick à l'œuf dégustés sur une place tendue de lampions à Gaza : c'étaient les seules images que j'avais conservées de ce voyage. J'ajoute, Avec tout ce qui nous a bouleversés ces derniers temps, et un autre événement qui me concerne personnellement, j'ai senti que j'avais besoin de m'envoler, d'être étrangère afin de voir autrement. J'ai pensé à Israël pour une raison qui ne vaut peut-être pas grand-chose, mais qui est plus forte que toutes les explications rationnelles. Elle écarquille les yeux avant d'éclater d'un merveilleux fou rire. Il y a des endroits plus propices pour se ressourcer que ce pays de malades, bon, je dis ça mais on est quand même très fiers que Quentin Tarantino y vive, tu sais qu'il habite là, hein, et ses enfants parlent hébreu, tu imagines ? Quentin Tarantino, quand même ! C'est pas n'importe qui, c'est un peu notre tour Eiffel, non, il est plus sexy que la tour Eiffel, vous n'en avez pas marre de ce vieux machin pour touristes ? Quand j'y suis montée, j'ai eu l'impression d'être dans une tour de Babel de pacotille. Toutes les langues se croisent, personne ne se comprend ni ne s'écoute, chacun brandit son portable. Bravo l'humanité ! Si c'est notre seul point commun, on est mal barrés. Tu vois, moi, avec des potes qui ont pris le même chemin que moi, quitter leur maison, leur famille, leur quartier, ne plus croire au Dieu de leurs pères, de leurs mères et de toute la tribu, on a fondé une association, le club des mécréants croyants. On se réunit tous les mardis soir, on cherche à quoi on peut croire désormais, parce qu'on refuse de ne croire en rien. Y a même un Arabe de Jérusalem-Est avec nous. Lui aussi il en a eu marre du Dieu de ses pères, et il ne veut pas rester seul.

Enchantée par l'existence d'un tel club, je lui demande où ils en sont, quelles pistes ils ont trouvées, mais elle répond en bâillant sous son masque, Pardon, j'ai pas arrêté de faire la fête à Paris, je vais dormir, c'est pour ça que j'ai demandé une place côté hublot. Ne me réveille pas quand ils distribueront le repas. Mieux vaut jeûner qu'avaler ces trucs. Le poulet a un goût de caoutchouc sans sel et les pommes de terre ressemblent à des navets desséchés depuis la guerre d'Indépendance. Elle baisse la voix pour dire, À part ça, tu peux fumer la cigarette électronique aux toilettes, les détecteurs ne captent pas cette fumée. Elle ponctue sa phrase d'un clin d'œil et s'endort aussi sec. Mon voisin de droite est à présent plongé dans *La Paume de la vie*. J'essaie d'en lire des passages du coin de l'œil mais il tourne ostensiblement le livre vers le couloir, comme si je pouvais le souiller de mes yeux. Je retourne aux tatouages qui affirment insolemment,

Je suis l'arbre de la connaissance.

Justice, justice, tu poursuivras.

Je ne parviens pas à me souvenir de quel passage de la Bible ce dernier verset est tiré, j'aime tant la répétition du mot tranchant, et l'injonction. Si je pouvais passer le bout de mes doigts sur chaque lettre tatouée, cela me reviendrait sans doute, mais bien sûr je m'en garde, je transforme le verset pour lui faire dire, Justesse, justesse, tu poursuivras, et outrepasse l'avis sans appel d'Ofek sur les plats servis dans les avions lorsqu'un steward me tend un plateau, j'engloutis tout ce qui s'y trouve. C'est mou, trop chaud, sans saveur, mais ça me rassasie, je glisse dans une rêverie où frémissent les arbres qui parlent dans le texte laissé derrière lui par mon grand-père, je ne m'étonne même pas d'apercevoir leurs branches percer les nuages.

Ofek se réveille à l'atterrissage aussi brusquement qu'elle s'était endormie. Tiens, prends mon téléphone, au cas où. J'aime qu'elle n'ait pas utilisé de complément, j'invente sur-le-champ la prière *Bénie soit l'expression ouverte qui n'engage que l'incertitude et la spontanéité*, elle sourit mécaniquement tout en envoyant trois textos à une allure record, je pense soudain que je n'ai pas pris de forfait pour ce voyage décidé en dix secondes dans le taxi et laisse mon téléphone éteint alors que tous autour de moi rallument les leurs et que les sonneries percent le brouhaha tandis que l'avion roule encore, gongs, cloches, cris d'oiseaux, accords de piano se mêlent à quelques applaudissements un peu mous.

Ofek glisse son passeport dans une machine à l'usage des citoyens israéliens et disparaît de ma vue alors que je fais la queue devant une guérite réservée aux voyageurs étrangers. Une douanière joufflue me réclame la raison de ma visite en même temps que mon passeport. Je suis ennuyée de ne pouvoir dire simplement, Je suis là grâce à une vidéo que je regarde depuis deux ans, sur laquelle Leonard Cohen donne la plus grande leçon de vie qui soit. Il y parle de l'accord entre les êtres et le temps. De la nécessité absolue que cet accord soit juste. Il y parle aussi de l'amour, devant lequel même Dieu s'incline et qui ne le laisse pas en paix tant qu'il n'advient pas. Je veux être là où de telles paroles ont été prononcées, j'aimerais moi aussi trouver le bon accord.

J'ai suffisamment de discernement pour deviner que la préposée appellerait illico les services de sécurité. J'ai quelqu'un de problématique à la guérite numéro quatre, c'est soit une folle soit une militante propalestinienne qui essaie de cacher son jeu. J'active le mode réflexion rapide de mon cerveau, conclus que les seules raisons éligibles à une entrée rapide dans le pays doivent être les visites familiales, le tourisme, le travail, Jésus et le mur occidental du Temple de Jérusalem. L'évocation de la mosquée Al-Aqsa m'apparaît nettement plus périlleuse. Je dis,

Je suis professeure d'histoire-géo, oui, en France on enseigne les deux matières comme si elles n'en constituaient qu'une, espace et temps réunis, je vous assure, j'envisage de faire une thèse sur la destruction du Deuxième Temple de Jérusalem, je viens voir les archives disponibles à la Bibliothèque nationale, non, on ne peut pas tout faire par Internet aujourd'hui, enfin si, on peut a priori, mais j'ai besoin de voir aussi les fouilles archéologiques, ah, je ne sais pas si elles sont disponibles en 3D sur Internet, je n'ai pas vérifié, comprenez qu'on ressente le besoin de se déplacer parfois, pour voir les lieux de ses yeux, je refuse de vivre uniquement à travers un écran. Cette histoire de thèse est un mensonge honnête, enfin, crédible et sans conséquences, mais la préposée demeure soupçonneuse et me demande comment il se fait que je maîtrise si bien l'hébreu. Oh, si bien, c'est vite dit, je fais des fautes tout de même et cherche mes mots parfois. Je l'ai appris dès ma petite enfance, je n'ai jamais lâché cette langue, c'est mon jardin secret si on veut employer un cliché, et je donne à sa demande le nom de la communauté à laquelle appartiennent mes parents sans dire que ce n'est plus la mienne depuis longtemps. Lui confier que j'ai perdu la foi à dix ans pourrait éveiller d'autres questions, d'autres soupçons. Mais alors, en quoi croyez-vous désormais, est-ce que ce rejet n'aurait pas provoqué une autre forme de radicalité, n'êtes-vous pas en proie à la haine de soi, et d'abord, comment pouvez-vous prouver que Dieu n'existe pas ? Toutes les questions sont imaginables sur ce sujet délicat dans le pays où le Dieu monothéiste possède sa résidence principale depuis trois mille ans, et je commence à être pressée de sortir de l'aéroport pour fumer une cigarette, et sentir les vingt-huit degrés promis d'une voix folâtre par le pilote à l'atterrissage, comme s'il y était personnellement pour quelque chose et attendait d'être acclamé.

Elle me tend enfin le papier m'autorisant le passage au portique suivant, il faut encore faire la queue pour un test naso-buccal. Une file est réservée aux réfugiés qui ont quitté leur maison, leur famille, leur travail, leur langue, leurs paysages, leurs amis. Ils affichent tous la même expression sonnée et me rappellent les visages croisés dans Paris le matin du 14 novembre. J'ai envie de m'approcher d'eux pour leur parler doucement et les serrer dans mes bras, je me retiens, qui sait si je ne risquerais pas d'être arrêtée pour manifestation d'affection abusive ?

2

Conduis-moi à Tel-Aviv, en bord de mer, ai-je demandé au chauffeur de taxi, parce que la moiteur respirée en sortant de l'aéroport m'a intimé de commencer par là, la page bleue infinie, et j'entends Lola qui ricane dans ma tête, Maman, tu peux pas dire simplement que tu aimes la mer ? C'est une raison suffisante pour y aller.

Je hausse les épaules comme si elle était là. Sa silhouette se dissout sur l'autoroute où le soleil déclinant plus tôt qu'à Paris et les panneaux verts aux inscriptions en hébreu, arabe et anglais me confirment que je suis partie.

Le chauffeur est un homme vif et précis, il a voulu savoir où je souhaitais aller exactement, C'est vague, le bord de mer, et j'ai répondu, Je m'en remets à toi, choisis le lieu le plus propice pour quelqu'un qui y va pour la première fois. Il a hoché la tête et m'arrête devant un jardin où des jeunes gens s'exercent sur des machines sportives, près d'un immeuble en béton nu. Tu es sûr que la mer est là, je lui demande. Évidemment, tu me prends pour qui ? Descends vite, on n'a pas le droit de stationner ici.

J'avance vers le ciel qui se découpe entre les arbres, débouche sur une pelouse en pente couverte de couples, de cercles d'amis et d'esseulés, certains tiennent un livre, d'autres une guitare, d'autres encore enlacent les genoux de leurs jambes repliées.

Je n'avais pas prévu ça. Je n'avais pas prévu que mes sens, submergés par la nouveauté, se dérégleraient subitement. J'ai soudain la vue trouble, les oreilles bouchées, la langue sèche, et je bande les muscles de mes jambes pour transformer ma chute sur l'herbe en volonté de m'asseoir. Dans l'air qui s'engouffre en moi, je respire une odeur mêlant sel, effluves de pots d'échappement, métal rouillé et boisson trop sucrée. L'odorat prend le pas sur tout. Il me faut plisser les yeux pour distinguer le disque d'or liquide qui s'enfonce beaucoup trop vite à l'horizon. Je crois ne plus entendre mais non, c'est la foule qui a fait silence, et quand le cercle disparaît, je distingue des claquements étouffés, je vois mes plus proches compagnons applaudir, un père et son fils, vu la ressemblance. Des traits délicats, un même regard étonné, juvénile, et je me dis qu'eux aussi sont sans doute retournés vers l'innocence pour être capables de tant d'enthousiasme. Allez, lève-toi, il faut qu'on y aille maintenant, on nous attend, dit une voix toute proche. Je décide de prendre l'impératif pour moi, même si j'ignore qui a parlé.

Pressentant que c'est le seul moyen de retrouver pleine possession de la vue et l'ouïe, je marche au bord de l'eau, où je ne risque pas de me faire écraser, mais il me faut porter ma valise qui rechigne à rouler sur le sable. Je m'exerce à voir ce que je ne vois pas, à entendre ce que je n'entends pas, mettant à contribution mon imagination pour tout relier. D'un côté s'élèvent des édifices de béton, des rubans de voitures, des inconnus alertes, et de l'autre, l'étendue bleu marine sans âge qui s'étale, se braque, égrène le temps dans le fouet des vagues frappant le rivage, et se retire en faisant crisser les coquillages pris dans le sable – murmure d'une langue que nul ne parle. Enfant, je guettais une voix qui s'élèverait de la mer. Si Dieu existe, pensais-je alors, il est forcément ici, bien plus qu'au ciel.

Je commence à distinguer nettement les flots qui virent à l'encre. Plus sûre de mes yeux et de mes oreilles, je remonte vers la ville. J'hésite à abandonner ma valise qui se ridiculise par son grondement têtu, mais personne ne semble s'en agacer, le niveau sonore de la ville est élevé, beaucoup de gens parlent fort, comme s'ils protestaient contre un ennemi invisible, comme s'ils savaient d'emblée qu'il leur faudrait crier pour convaincre. De la musique s'échappe des bars et des voitures aux vitres baissées, des tonalités de cordes grecques se mêlent à des accords orientaux aux quarts de ton, et à des boîtes à rythme qui scandent des raps très différents de ceux qu'écoute Lola, mais c'est peut-être la langue que j'entends pour la première fois ainsi articulée qui délivre cette impression. Des accents mélodieux et musclés baignent mes oreilles, me procurant le même plaisir que la reprise d'une vieille chanson dans une autre tonalité, le grondement des roulettes de ma valise n'en devient que plus gênant, je ne veux pas renoncer à marcher dans la ville où tout est ouvert, et illuminé, et joyeux, il y a une incursion tranchante du jour dans la nuit que j'ai ressentie à New York l'année où j'y ai vécu, mais jamais à Paris. J'entre dans un bazar, choisis un gros sac à dos dans lequel j'enfouis toutes mes affaires, et dis au garçon qui tient la caisse, Garde ma valise, donne-la si tu veux, je n'en ai plus besoin. Il a un air gentiment réprobateur, Mais non, c'est bête, tu peux la vendre sur Deuxiememain.com, elle est presque neuve ta valise, c'est de la qualité. Ses yeux en amande dépourvus de cils lui donnent un regard pudique, j'aime qu'il se préoccupe des finances d'une inconnue, mais je répète qu'il peut la garder, ou la vendre lui-même s'il le souhaite, et j'ajoute, pour l'amuser en marquant notre différence de génération, Je ne suis pas très forte sur Internet. Comme la conversation est déjà bien engagée entre nous et que tout me semble possible ici à n'importe quelle heure, je lui demande s'il pense que je peux louer une voiture. Il me montre une application à télécharger sur mon portable, C'est simple, tu entres ton numéro de carte bleue, on t'indique les voitures disponibles dans ton secteur. L'application te dit aussi où tu peux la rendre, n'importe où dans le pays, sauf dans les territoires palestiniens, bien sûr.

Bras libres, dos maintenu droit par le poids du sac, je marche mue par des ressorts scellés à mes pieds, et tout peut désormais entrer en moi ; des visages mats d'Orient dessinés au pinceau fin, d'autres sculptés dans une pâleur slave, et les plus étonnants sont ceux qui n'évoquent aucun continent, qui donnent l'impression d'avoir été taillés dans du granit, les yeux curieusement écartés ou rapprochés, comme des ébauches qui cherchent encore leur achèvement.

Je me sens enfin légitimement étrangère, avec autorisation illimitée de ne rien savoir sur ce qui m'entoure.

3

Sur une allée bordée de ficus échevelés dont les branches se disputent pour s'entrelacer autour du tronc, je vois un homme en short rouge qui boite, c'est le troisième en quelques minutes. J'imagine une humanité qui tout entière boiterait, ou marcherait à pas chassés, un changement physique et visible sur tous, ce serait ça, la vraie révolution, me dis-je, elle influencerait l'architecture, la politique, les relations sociales, la danse, on pourrait tout repenser à partir des corps, et une musique inconnue prend possession de mes muscles que j'étire en continuant d'avancer, et qui commencent à onduler. Des percussions battent un tempo lent qui s'accélère imperceptiblement, des accords de guitare électrique s'introduisent dans les mesures pour griffer l'air, une brise caresse mes épaules, mes jambes, ma nuque, l'étonnement grandit jusqu'à l'éblouissement, ce plaisir, oh ce plaisir, dis-je à voix haute. Je pose les mains sur les troncs emmêlés des arbres, la rugosité fine de l'écorce me chatouille les paumes, je les fais glisser sur un banc en plastique maculé de fientes sèches, sur le métal tiède d'une barrière cerclant un toboggan où un couple discute à voix basse comme s'il complotait son avenir, toutes les matières sont perceptibles, même les yeux fermés, je touche, je touche et suis touchée, comme dotée d'un pouvoir qui me donne envie de tout étreindre. Une marée d'impatience me submerge, charriant le désir de faire l'amour avec Julien, sentir sa peau sous mes doigts, son sexe dans le mien, retourner vers la mer pour m'y baigner, serrer Lola dans mes bras, inviter mes amis dans ce restaurant éclairé par des lampions, les informer que tous mes sens sont là de nouveau, leur demander si eux aussi ressentent ce vertige quand ils en prennent conscience, appeler mon grand-père pour lui annoncer la nouvelle, ça y est papi, le toucher est revenu, je retrouve le rugueux et le doux, tout est à portée de ma peau. Je rallume mon téléphone portable, l'écran mitraille des messages, *Bienvenue en Israël, pensez à prendre un forfait adapté à votre séjour*, me dit mon opérateur qui sait toujours où je me trouve. *Bien arrivée, où que tu sois ? Je t'embrasse fort* de Julien. *Maman, à partir de combien de temps on considère qu'un parent a abandonné son enfant ? Tu sais où est mon short bleu ?* signé Lola, et je ne sais que répondre parce que c'est la sensation du départ qui est là et qui va crescendo, j'ai envie de dire à Julien qu'il emploie une mauvaise formulation, il aurait dû demander si j'étais bien dans ma partance. Je me casse la tête pour trouver les bons mots, c'est difficile de former une phrase quand tous les sens sont à un tel niveau de perception, on se dit que les hommes ont dû les étouffer un peu pour pouvoir trouver le langage. Je lui écris un simple mais vrai

Tout va bien.

J'envoie un deuxième message pour l'embrasser aussi, je commence à répondre à Lola que son short est au sale je crois, et qu'une absence de quelques jours est très relative, aucune raison de parler d'abandon mais au milieu du message mon opérateur m'informe que j'ai atteint la somme de cinquante euros en connexion hors forfait, j'ai envie de l'étrangler, le traîner en justice ou lui rire au nez, tant d'élans s'animent en moi. L'allée en pente débouche sur une grande place bordée de cafés, des groupes sont assis sur l'herbe, je suis allègre de voir tant de personnes habiter comme moi ces heures tardives, je ne suis peut-être pas la seule à avoir intégré le renversement qui s'est produit il y a deux ans à peine, et qui exige de nous une autre manière de vivre sous les étoiles.

Assise sur la pelouse miteuse où la terre sèche est plus perceptible que les brins d'herbe, je choisis un forfait pour me connecter et regarder la vidéo de Leonard Cohen comme une prière de gratitude, puisque cette partance provient d'elle. Je suis déphasée dès les premières secondes. La visionner dans ce lieu inhabituel me la rend moins familière, un décalage spatio-temporel s'est immiscé entre nous, ce sont pourtant mes yeux qui voient les mêmes images mais je ne parviens pas à ressentir leur portée, j'en suis froissée. Je voudrais que tout autour de moi et en moi continue d'être totalement présent et accessible, je ferme la page en pensant, c'est comme ça, un temps pour tout.

Une fille près de moi lit un poème à sa copine, *La joie qui porte ton nom / A vibré si fort aujourd'hui / Quand je t'ai raconté mon rêve / Mais ce n'est pas un rêve, as-tu dit / C'est un fait*, et une salve d'images éclate dans mon esprit, si rapide que je ne peux en saisir aucune à part la dernière qui s'étale parfaitement avec sons, lumière et couleurs. Plus qu'un souvenir enfoui, c'est une vision qui me fait frissonner. Mais oui, bien sûr, la première fois que j'ai entendu une chanson de Leonard Cohen, c'était dans ce pays, dans la chambre du fils de mon grand-oncle qui m'avait fabriqué des sandales rouges une après-midi d'été. Il s'appelait Raphaël, tout le monde l'appelait Raphy. À peu près quatre fois mes six ans, un éclat niché en lui m'attirait, je lui tournais autour, à la fois pour le contempler et lui plaire. Indolent sous ses cheveux broussailleux, il avait une voix nasillarde et un sourire que je trouvais très beau quand il écoutait de la musique dans sa chambre, comme s'il accédait à des merveilles que j'étais impatiente de pouvoir distinguer aussi.

Je tape son nom dans le moteur de recherche, trouve une page de réseau social qui semble lui correspondre, avec une succession de photos de couchers de soleil et d'un chien pris sous toutes les coutures. Je lui envoie un message, les mots viennent facilement pour lui écrire, Je suis Mathilde, ta petite-cousine de France, je suis là, j'aimerais te voir, et lui aussi fait manifestement partie du peuple nocturne car il me répond presque aussitôt que c'est une sacrée surprise, il se souvient vaguement de moi, c'était il y a longtemps, oui, on peut prendre un petit-déjeuner dans quelques heures à Netanya où il habite toujours, il continue de se lever très tôt bien qu'il ait pris sa retraite. Il me donne l'adresse d'un café, son numéro de téléphone, et signe avec une tête de bonhomme jaune forçant un clin d'œil et tirant une langue rose. Ne sachant comment interpréter ce pictogramme, je le remercie en ajoutant deux points d'exclamation, histoire d'être très claire sur l'ampleur de ma gratitude.

La première voiture libre dans la ruelle adjacente dégage une odeur de sueur et de sperme qui me prend à la gorge, la deuxième a un rétroviseur cassé, dans la troisième je vois le corps d'un homme endormi et il me faut marcher un peu plus loin pour trouver une voiture sans antécédent particulier ni signe distinctif.

J'entre l'adresse donnée par Raphy dans l'écran de navigation. Une voix un peu lasse et préoccupée me lance,

Roulez rue Rembrandt sur cinq cents mètres,
puis tournez à gauche rue Arlozorov.

Et j'aime infiniment cette phrase, qui est comme une invitation à passer de l'Occident à l'Orient.

4

Si laide, la ville. Poussière, béton, anarchie des formes et des orientations. C'est ici, j'en suis sûre, qu'a été lancé le concours d'architecture sur le thème « Toi aussi, rends ta ville hideuse ».

La présence de la mer en contrebas de la falaise compense difficilement l'offense faite au regard. Le vent n'efface rien.

Jus de carotte, café allongé, le serveur ne s'est pas étonné de ma commande.

Autour de moi, des hommes un peu gras en short et sandales, des femmes qui nourrissent leur enfant dans une poussette d'une main, boivent leur café de l'autre, dialoguent avec le téléphone portable posé devant elles ou avec une amie à leurs côtés, j'admire leur agilité.

Je ne devrais pas attendre un garçon de vingt-quatre ans aux cheveux bouclés, mais c'est lui que je guette, et c'est le chien photographié sous toutes les coutures que je reconnais, un husky incongru dans ce paysage chaud, tenu en laisse par un homme épais qui a entériné une calvitie partielle en se rasant le crâne. Impossible que ce soit Raphy, c'est pourtant lui, il répond à son prénom. Je cherche son sourire dans son visage empâté, où est passée l'expression qui me disait que ça valait le coup de grandir ?

Il énonce mon prénom d'une voix de basse, comme un constat, en appuyant sur la deuxième syllabe, Alors comment ça va, qu'est-ce que tu fais là, demande-t-il. J'écarquille les yeux devant les interrogations si frontales, il n'imagine pas combien elles sont profondes, il ne sait pas qu'il me faudrait des heures pour lui répondre. Je botte en touche et me souviens : toujours répondre à une question par une autre question. Il est beau, il s'appelle comment ? je demande, en désignant le husky couché à ses pieds.

Hitler.

J'encaisse poliment. Je tente même d'esquisser un sourire de connivence.

Original, hein ? Et il éclate de rire. T'es bien une Occidentale toi, tu crois tout ce qu'on te dit.

Il semble très gai soudain de voir sa théorie confortée par ma crédulité, ça déclenche un flot de paroles inattendu pour des retrouvailles après tant d'années. Mais non, il s'appelle Louis, comme Louis de Funès, et voyant que je ne saisis pas le rapport, il ajoute, C'est à cause des yeux bleus, ils ont les mêmes, non ? Mais il est moins nerveux. Il a changé ma vie, tu peux pas savoir. Quand on s'est retrouvés tous enfermés, je pouvais sortir n'importe quand avec lui, j'avais le droit de le promener, personne ne pouvait vérifier si c'était nécessaire ou pas, voilà, on en était réduit à ça : avoir un peu plus de liberté grâce à la pisse et aux crottes de nos chiens. Ceux qui préfèrent les chats ont dû avoir d'énormes regrets. On n'imagine pas que la liberté se joue à ce genre de choses, hein ? Ça nous a beaucoup rapprochés,

Louis et moi. Enfin, je veux dire que je l'ai considéré comme un égal, et même comme un supérieur, parce que ses besoins étaient reconnus par les autorités, et que j'en bénéficiais. Depuis, je regarde les animaux autrement, je ne mange plus de viande. Je me sens plus honnête quand je caresse mon chien.

Je sursaute, parce que c'est exactement la phrase que prononce Leonard Cohen dans le documentaire de 1965. Se l'est-il appropriée consciemment ? Inconsciemment ? La prononce-t-il sans l'avoir jamais entendue ?

Je cherche mes mots.

Raphy, tu te souviens, quand on est venus vous voir avec ma mère et mes grands-parents, tu t'allongeais sur un matelas posé par terre, c'est bien Leonard Cohen que tu écoutais en boucle ?

Son sourire d'autrefois se faufile au coin de ses yeux, ténu, mais identique. Il n'y a pas d'usurpation d'identité. C'est bien Raphy, plus de quarante ans après.

Ah, Leonard, psalmodie-t-il deux fois en hochant la tête.

Un espoir un peu fou m'agite.

Il est venu chanter ici en 72. À Tel-Aviv, puis à Jérusalem, aux Bâtiments de la Nation. Tu y étais ?

Il secoue la tête.

Non, mais j'ai mieux. Bien mieux, ajoute-t-il en tendant la main pour se servir dans mon paquet de cigarettes, et je sens que le geste entre dans sa scénographie du suspense. Il porte une cigarette à sa bouche, je lui tends le briquet, il décline.

J'ai arrêté il y a longtemps, mais j'aime encore le geste.

Il inspire une longue bouffée imaginaire, ferme les yeux, dodeline de la tête. Mon impatience prend le goût d'une gorgée de jus de carotte déjà tiède.

En 73, je faisais mon service militaire dans le Sinaï, j'étais dans les tankistes. On n'avait pas eu de permission pour Kippour. On râlait, mais les commandants nous disaient, Vous connaissez pas votre bonheur, c'est le jour le plus tranquille de l'année dans une base, c'est quelque chose qui vaut la peine d'être vécu. Pas de corvée cuisine, à peine quelques gardes, même Dieu fait une grande sieste ce jour-là ! Tu parles d'une sieste, ce fut une désertion, et on s'est retrouvés sous les obus égyptiens en faisant dans nos frocs et en appelant nos mères. On le dit jamais ça, ici, que les héros se pissent dessus, parce que tu vois, y a ce moment où tu te sens une pauvre merde, tout est plus fort que toi : les explosions, la poussière qui t'étouffe, la mort qui tombe du ciel. Tu vois tes potes qui n'existent plus, tu te dis c'est pas possible, cette bouillie, c'est pas Avner, ce corps qui n'a plus de jambes, c'est pas Avi, pourtant il y a une lointaine ressemblance, quelque chose dans ce fatras me rappelle mon copain, et on te dit de foncer dans ton tank et d'avancer vers les lignes ennemies mais tu ne vois rien, tu regardes tes potes sous leur casque, tu te dis que tu dois avoir la même tête défaite. Deux minutes avant ils faisaient une blague à la con sur une tante polonaise, parce que ce sont les blagues à la mode à ce moment-là, et t'en as même qui faisaient des blagues sur les camps d'extermination avec des Roumains avares, des Allemands maniaques et des Hongrois déboussolés, et toi tu riais, c'est une bonne petite décharge qui te tient éveillé, le rire, j'ai jamais autant ri qu'à l'armée, et puis là tu regardes les mêmes potes et tu sais que dans une seconde tu pourras griller avec eux sans rien savoir, et c'est ça qui te fait peur, parce que tu te dis si la vie doit s'arrêter dans quelques secondes, je préfère descendre et prendre une douche au soleil, manger un steak, trouver une fille et l'aimer, et être aimé d'elle, m'enfouir dans ses caresses le temps qu'il me reste à vivre, ah ah tu fais une drôle de tête, ça t'émeut hein, je te raconte n'importe quoi, j'ai pas pensé à ça, tu gobes tout, je te dis ce que je pense que tu as envie d'entendre parce que tu viens de là-bas, de ton petit confort, pendant que nous on se bat ici depuis des décennies, vous vous la coulez douce en Europe ta famille et toi, c'est toujours ce qu'ils disaient mes parents, ils en voulaient à tes grands-parents d'être partis à Paris après la Tunisie, alors qu'eux se sont laissé avoir par les promesses de l'Agence juive. Venez dans le pays où coulent le lait et le miel ! Qui peut croire que ça existe une chose pareille, en dehors des dessins animés ? Remarque, c'est plus vendeur que de dire le pays où coulent les larmes et le sang, au niveau marketing c'est impeccable, et mes parents se sont dit, après tout c'est chez nous là-bas, même si on n'y a jamais mis les pieds, on répète depuis si longtemps l'an prochain à Jérusalem, allons donc à Jérusalem, et tu sais quoi ? Ils y sont allés une fois, ça leur a suffi, ils ont trouvé qu'il y avait trop de monde et que la ville était fatigante. En fait, je me souviens très bien de votre venue, vous aviez apporté du café, des cotons-tiges et des disques de Luis Mariano, parce que ma mère vous avait écrit sans doute qu'on avait du mal à trouver tout ça. Toi, tu tournais autour de moi comme une mouche qui voulait me demander en mariage, tu regrettes rien, n'est-ce pas, quand tu vois ma tête aujourd'hui ? Pardon, je sais pas pourquoi ça sort tout ça maintenant, c'est parce que je te vois avec ton petit air européen, même quand tu tiens ton verre on voit que t'es pas d'ici, et t'es peut-être pas au courant mais la moitié des gens de ce pays se demandent ce qu'ils foutent là, dans le sable, la chaleur et la guerre, au lieu d'être en Europe, parce qu'on vient de là-bas quand même, et si on n'est pas nés là-bas, on avait la possibilité d'y aller, comme vous, on aurait pu avoir d'aussi beaux appartements, être chics avec des manteaux et des écharpes en hiver, être des gens calmes et civilisés parce que y a du fric et tout est tranquille. Être du bon côté quoi. Mais c'est pas ça que je voulais te raconter, je sais pas pourquoi c'est sorti, on s'en fiche après tout, chacun prend ses décisions dans la vie sans savoir ce que ça peut engendrer, et puis tu vois, si y avait pas eu cette putain de guerre, j'aurais jamais vu Leonard Cohen comme je te vois, devant moi, sur une piste de sable, quand on nous a évacués derrière la ligne de front parce qu'il restait plus grand monde dans mon unité, il fallait qu'on reprenne le moral et des forces, et tout à coup y a eu une sorte de rassemblement et des cris, j'avais déjà oublié que les hommes pouvaient crier de joie, et ils disaient Leonard Cohen est là, il est venu chanter pour vous, ramenez vos fesses. Moi j'y ai pas cru, mais ils étaient tous excités comme si le désert venait de s'ouvrir en deux et qu'au fond de la faille il y avait un hôtel avec piscine, spa, spectacles et cocktails, alors je me suis approché. Il était là avec sa guitare, son sourire timide, t'imagines pas comme il était timide. Il nous a dit, Je sais pas me battre, je ne peux pas faire grand-chose pour vous, mais si vous avez envie d'entendre quelques pauvres chansons, je suis là, et tu parles qu'on avait envie. Il a commencé à chanter *Suzanne*, comme ça, avec un soldat qui lui tendait un micro relié à un petit haut-parleur, sa voix et sa guitare, pas de scène, pas d'accompagnement. Tu es dans le désert, tes potes sont morts ou blessés, et toi tu entends cette voix qui d'habitude sort de ton tourne-disque, et il y a ce type devant toi qui baisse les yeux la plupart du temps, qui n'arrive pas à soutenir nos regards, qui a l'air de dire, je suis juste un type avec une guitare, ne me regardez pas comme ça, mais sa voix, Mathilde, sa voix qui sortait de lui, là, pour nous, ça valait bien la désertion de Dieu. Tu comprends ? On avait devant nous l'incarnation du verset de la Bible, tu le connais hein, c'est chez Isaïe, *Une voix crie dans le désert*. C'était là, c'était un verset qui avait été écrit il y a des milliers d'années pour lui, pour ce moment, même s'il ne criait pas, il y avait un appel. Il a chanté, chanté, on ne voulait pas le laisser partir, on lui demandait encore une chanson, et encore *Teachers*, et encore *Bird on the Wire*, et encore *The Partisan*, et encore *So Long Marianne*, et encore *Suzanne*, et il a mis un genou à terre pour finir, comme un chevalier devant des princesses, et c'était nous, les princesses. Crades, les yeux rouges, abrutis de combats. On se disait que la vie ça pouvait être ça jusqu'au bout, entendre Leonard Cohen dans le désert, mais on nous a dit, Il doit y aller, il doit chanter pour d'autres soldats. Il a prononcé quelques mots en hébreu avec son air timide et son accent canadien, des trucs comme la paix soit sur vous, vous êtes les anges du service qui n'ont d'autre choix que de tuer, et des phrases de prières où il nous bénissait, c'était curieux, c'était notre langue mais parlée autrement, avec une douceur que j'avais jamais entendue, comme une caresse sur une partie de ton corps qui n'a jamais été touchée. On est restés seuls, avec déjà des souvenirs, j'ai détesté ce moment où tout ce qu'on avait vécu était tombé si vite dans le passé, tu n'es même plus sûr que les choses ont eu lieu, c'est un évanouissement. On nous avait donné une raison de croire, et on nous l'avait retirée. On était des enfants perdus, on essayait de raconter tout ce qui avait eu lieu, son arrivée, ses regards, ses mots et ses chansons, et on n'était pas d'accord entre nous, on n'avait pas les mêmes souvenirs, on pouvait pas reconstituer l'enchaînement des chansons, alors on répétait, C'était bien, hein, c'était bien, c'était comme dans un rêve, personne ne nous croira quand on racontera ça, et puis on nous a dit, La guerre n'est pas finie, il faut retourner se battre, les gars, et on est repartis vers le feu.

Je ne sais plus où poser mon regard, et encore moins que dire. Raphy est tourné vers la mer, sa poitrine se soulève dans plusieurs soupirs après lesquels il dodeline encore de la tête, comme s'il avait un ressort planté dans la nuque. Je voudrais m'éclipser sur la pointe des pieds, emporter avec moi ses confidences et le remercier plus tard, par écrit peut-être. Je me penche pour caresser Louis, son poil est plus rêche qu'il n'en a l'air, du foin qui me grattouille les paumes, et je m'extasie de nouveau d'avoir retrouvé le toucher, quel prodige, mon médecin n'en croira pas ses oreilles. Raphy se penche aussi pour caresser son chien, nos mains sont proches, elles tremblent un peu, se cachent dans la fourrure de l'animal qui n'en demandait pas tant et remue la queue. Raphy me regarde, se redresse, cette fois il garde ses yeux dans les miens.

Je l'ai revu une deuxième fois, longtemps après, en 2009, septembre 2009. Les billets étaient très chers, c'était ça ou partir en vacances, mais je me suis dit tant pis, je vais le voir au stade Yad Eliyahou. J'ai pris la place la plus proche possible, je n'imaginais pas le voir de loin et me contenter des écrans pour distinguer son visage. Avant le début du concert, la foule m'a angoissé.

Je ne suis pas agoraphobe hein, pas du tout, de toute façon si t'es agoraphobe tu peux pas vivre ici plus de cinq minutes, mais j'avais envie de me lever et de dire à tout le monde de partir, sauf ceux qui étaient dans le désert en 73. Ce qu'on avait vécu avec lui là-bas, ça aurait dû nous donner des droits. Trente-six ans s'étaient écoulés, mais quand il est arrivé sur scène avec son chapeau sur les yeux, son allure d'homme qui a traversé la vie lentement, en prenant le temps de tout regarder, j'ai eu de nouveau vingt et un ans, j'étais nu dans le désert et je retrouvais ma peur, et la consolation de sa voix qui était la même et pas la même, plus grave, la voix d'un homme qui a escaladé beaucoup de montagnes, est descendu dans beaucoup de grottes, a beaucoup fumé et s'est beaucoup tu. Des larmes sont montées dès la première chanson, comme si sa présence pliait le temps en deux, et que les bords se rejoignaient, ça faisait un pincement dans la poitrine, le truc un peu acide quand tu es à la fois heureux et triste, que tu sais plus où tu veux être, dans le passé ou le futur, tu sais pas si tu regrettes ou si tu espères. À la fin du concert, il a dit quelques mots sur les Israéliens et les Palestiniens qui souffraient, qui devaient vivre en paix, des gens ont applaudi et d'autres ont laissé couler d'un air blasé, et puis il a récité en hébreu la prière des prêtres, il n'a jamais oublié qu'il en était un, qu'il portait quelque chose du grand prêtre du Temple en lui, et il a fait ce geste bizarre de bénédiction des Cohen, mains écartées où seuls les pouces, index et majeurs se touchent, et là encore j'ai pleuré, parce que sa bénédiction était sincère et qu'on avait envie d'y croire, mais on savait qu'elle servait à rien, je savais qu'elle servait à rien, que ça allait de mal en pis, que même la guerre de 73 paraissait le bon temps à côté de ce qu'on vivait depuis, parce qu'au moins en 73 on voulait vraiment croire que c'était la dernière guerre, et là on n'y croyait plus, ni à la réconciliation, ni à la bonne volonté, ni à la paix, et surtout on croyait plus en nous. Le pays, c'est devenu des blocs de gens qui ne veulent pas se parler, se crient dessus dans le meilleur des cas, et sont tous persuadés d'avoir raison. Mais on était vivants pour le voir sur scène, et c'était déjà pas mal. J'avais pas envie de rentrer, j'ai fait des grands détours, je me disais, c'est quand même ça aussi la vie sur terre, même si on est coincés dans une ornière, c'est cet homme capable de trouver ces chansons, cette douceur, et de nous les donner. J'avais la même impression qu'en 73, les souvenirs s'échappaient trop vite. Et puis je me suis dit, si le bien nous paraît être une illusion, le mal l'est aussi, la vie est un match nul. C'est pas la peine de faire cette tête, Mathilde, t'es pas concernée. Mais dis-moi, t'as pas fait quatre mille kilomètres pour demander à un vieux cousin que t'as vu une fois dans ta vie de te raconter ses souvenirs de Leonard Cohen, si ?

5

Rouler sans m'arrêter, me laisser guider par la voix préoccupée qui continue de me détailler mon trajet en interrompant de temps à autre le dernier album, sorti quinze jours avant sa mort, qui annonçait la fin dans une limpidité tranchante sur fond noir.

Me voici, me voici, je suis prêt Seigneur.

Ce n'est pas parce que Dieu n'existe pas qu'on peut s'en passer si facilement, faut croire.

Je roule vers Capharnaüm, à peine à une heure et demie de route. En hébreu ils disent Kfar Nahum, le village de la consolation, et les deux versions me plaisent. Un lieu, une fonction, un mot devenu synonyme de chaos chorégraphié du temps de Jésus par les malades qui se bousculaient pour y trouver la guérison, orchestré ici par les mots de Raphy.

Le regard que sa famille portait sur la mienne est un angle de vue inattendu. Je pensais qu'on était pauvres, que la vie était difficile pour les miens, c'était acquis. Ma grand-mère et ses ménages, mon grand-père qui partait à trois heures du matin à Rungis, ma mère derrière une caisse, mon père au volant de son camion. Ils disaient, On est des petits, et j'étais mal à l'aise que des adultes affirment cela. Ils disaient, C'est là-haut qu'ils décident de tout, et je levais les yeux vers le ciel, et j'avais la confirmation qu'il y avait plus grand que moi, que nous, et je pensais, je veux être là où c'est grand, là-haut, ailleurs, et je commençais à rêver de New York. Je découvre grâce à Raphy qu'on est toujours le riche de quelqu'un, ça me déplace, ça donne une autre couleur aux images que des émanations d'enfance font voleter.

Je ne cherche pas à leur donner un sens, elles sont là, animées. Mon grand-père qui jouait du violon à l'orientale, en tenant l'instrument comme une miniature de violoncelle et qui disait Écoute, écoute Mama, on dirait pas un chat qui chante ? Tu veux essayer ? Ah, ça ressemble plutôt à un chat qui a les poils dressés, prêt à se battre pour son territoire, tu écrases trop les cordes, n'aie pas peur d'être légère. Le gratin dauphinois que préparait mon père tous les dimanches, *The Green Leaves of Summer* à fond. Les livres que nous cachions lui et moi entre les serviettes sur les étagères de la salle d'eau dont la douche avait un jet faible qu'il fallait stopper quand on se lavait, pour économiser, mais nous appelions ce lieu une salle de bains, et elle abritait la petite bibliothèque constituée au grand dam de ma mère, Non, non, on ne lit pas aux toilettes, c'est sale, mais c'était pour mon père et moi un cabinet de lecture idéal, dans lequel ses San-Antonio et ses *Cents nouvelles blagues belges* illustrées par Wolinski avec des femmes aux gros seins et aux grosses fesses côtoyaient mes Club des cinq et l'*ABC du savoir-vivre*. Je m'échinais à retenir les fruits que l'on pouvait manger avec les doigts et ceux qui réclamaient un couteau, j'apprenais par cœur les formules de politesse depuis que j'avais renoncé aux prières. Quand ma mère tambourinait à la porte, Allez, on sort, on reste pas une heure aux toilettes ou alors on est malade et on va à l'hôpital, je me blottissais dans l'unique fauteuil de l'appartement en skaï pied-de-poule, je dévorais les passages où les gens recevaient des amis, rendaient une visite de courtoisie en prenant bien soin qu'elle n'excède pas un quart d'heure durant lequel ils se retenaient de poser des questions trop intimes et je pensais qu'à l'inverse, dans ma famille, tout le monde voulait tout savoir sur tout le monde, et ma grand-mère prenait systématiquement l'écouteur du téléphone quand c'était mon grand-père qui décrochait, même s'il s'agissait d'une employée de la Sécurité sociale, elle voulait entendre cette voix qui surgissait miraculeusement chez elle. J'essayais de transposer les scènes de l'*ABC du savoir-vivre* dans notre appartement et je butais contre l'absence de vestibule et de salon, ça m'agaçait, une impatience creusait en moi des canaux secs réclamant d'être irrigués, mes cuisses nues collaient au skaï, je prenais soudain conscience de cette adhérence, je les décollais au ralenti, pour éprouver chaque millimètre de peau se détachant du cuir artificiel. La sensation me plongeait dans un ravissement inexplicable, y compris après un temps d'assise si long qu'il me fallait tirer mes cuisses d'un coup, et je jouissais alors de la brûlure comme provoquée par l'arrachement d'un pansement géant.

Tenaillée par une impatience dont je ne distinguais pas l'objet, je courais dans ma chambre, fouillais ma trousse à la recherche d'une épingle à cheveux, collais mon visage au parquet, et entreprenais de racler la poussière entre les lattes. Tu vas abîmer le parquet, arrête, m'intimait ma mère lorsqu'elle me surprenait, mais comment arrêter quand la poussière ne demandait qu'à sortir de la fente en sillon boursouflé et duveteux que je contemplais avant d'y promener la pulpe de mon index, et de plonger l'épingle à cheveux plus profondément ? Creuser, creuser entre les lattes, en extraire la poussière inépuisable, je consacrais des heures à la tâche, et plus encore quand je me languissais du fabuleux aimant qui trônait dans la boîte à couture de ma grand-mère que je ne me lassais pas de supplier, S'il te plaît mamie, tu dis que je suis ton petit poisson en diamant, ton cigare aux amandes, ton gâteau à la cannelle, tu veux bien me faire plaisir ? Donne-le-moi. Mais elle refusait. C'est tout ce qui me reste de ma mère, tu peux jouer avec quand tu viens chez nous, et tu pourras l'avoir en héritage quand je serai partie, le plus tard possible, amen, après ton grand-père bien sûr, parce qu'il pourra pas se débrouiller sans moi. Raté, mamie, tu es morte bien avant lui et il s'est débrouillé sans toi, il t'a pleurée mais il a aimé ensuite ses petites promenades au parc, le café en bas de chez lui où la serveuse l'appelait Lord Karsenti à cause de sa moustache, et la musique classique qu'il a découverte après ta mort, il était branché sur France Musique toute la journée avant qu'on ajoute un *s* au nom de la station, il m'appelait pour me dire, Mama tu sais que Mozart est mort très jeune le pauvre ? Comment c'est possible d'avoir composé tout ça dans une vie si courte ? On fait pas assez de choses de nos journées, je te le dis, il faudrait accomplir au moins une grande chose par jour tu vois, pas forcément une symphonie, on n'est pas tous capables, mais quelque chose qui rendrait heureux dans l'instant et qu'on n'oublierait jamais. Il faudrait vivre comme Mozart même si on n'est pas Mozart. Et Vivaldi, tu connais Vivaldi ? Voilà mamie, sois rassurée rétrospectivement, non seulement il s'est débrouillé mais il a vécu des découvertes sans toi, et à la fin il pensait que tu étais toujours là, tu n'imagines pas à quel point on peut exister encore quand on n'est plus là, quand quelqu'un te fait vivre parce qu'il parle de toi au présent et qu'il est persuadé qu'il va te retrouver dans cinq minutes. Dans sa dernière chambre, j'ai posé ton aimant sur sa table de chevet, on jouait avec ensemble, et me revenait l'excitation qui m'envahissait quand épingles de nourrice et aiguilles se précipitaient sur le bloc magique, c'était une excitation qui n'avait pas de nom, et plus puissante encore était celle de le promener sur les meubles et les objets, sous le lit, partout, d'avoir la surprise de découvrir ce qui se laisserait irrésistiblement attirer par le bloc lourd dans ma main, et ce qui lui resterait indifférent, et là, ce sont les mots de Raphy qui ont agi comme un aimant, il a prononcé 73, il a prononcé Kippour, je lui ai dit, C'est mon premier souvenir je crois, j'avais trois ans et demi, on était dans une salle de spectacle, on l'appelait l'amphithéâtre, les hommes dans l'orchestre, les femmes dans les gradins, et moi, collée à ma mère, une vue imprenable sur les mi-bas en nylon, les accrocs, varices, mollets parfaitement galbés ou chevilles gonflées, ourlets défaits, tissus froissés au niveau des fesses, les genoux qui se plient, se déplient, les femmes suivent un mouvement dont elles maîtrisent plus ou moins les mécanismes, certaines tiennent entre leurs mains un livre ouvert leur indiquant le mode d'emploi, d'autres n'ont pas de livres, mauvaises élèves qui copient sur les bonnes en les épiant du coin de l'œil, elles ont une à deux secondes de retard, forcément, le temps de comprendre et d'imiter les gestes. Un groupe de cancres bavarde, indifférent à la cadence qui intime de s'asseoir, se mettre debout, se pencher en avant avec déférence, agiter les lèvres dans une mastication rapide, silencieuse, il faut articuler chaque mot et s'en débarrasser en même temps, se frapper la poitrine du poing droit, boum, boum, boum, contrition, contrition, contrition, ou chanter avec les autres le plus fort possible, et alors la clameur devient un cri exigeant qui se brise parfois, une plainte, une supplique nappée d'espérance. Les adultes autour ne ressemblent pas aux adultes de mon immeuble ou de la rue, et même ceux que je connais, même ma mère, ont un visage différent, empreint de gravité, d'un savoir secret. La lumière dans la salle est à la fois dorée et floue, des particules invisibles les autres jours sont en suspension dans l'air, il fait chaud, on a oublié l'existence du monde extérieur. On pourrait être partout où des hommes, des femmes et des enfants se rassemblent en sachant qu'ils sont jugés, et que le verdict va tomber. L'amphithéâtre, ce jour-là, est un vaisseau qui se détache de la terre, chargé de promesses non réalisées, de pactes rompus, d'engagements non respectés, il est question de pardon, d'expiation, de livre de la vie, de livre de la mort, c'est le jour du Jugement ultime, les portes du ciel vont bientôt se refermer. Il reste quelques heures à peine pour convaincre Dieu de son innocence, ou du moins de sa sincérité. Dix jours déjà que les deux grands livres sont ouverts, l'un à sa droite, l'autre à sa gauche, c'est ainsi que je l'imagine alors, Dieu assis à son bureau où trône une lampe en opaline, inscrivant des noms comme sur un cahier d'appel, il peut encore en gommer un, l'inscrire sur le registre adverse, décider de qui mourra par l'eau, qui par le feu, qui par l'épée, qui par la bête, qui par la faim, qui par le manque d'amour, qui se reposera et qui sera épuisé, qui sera calme et qui sera fou, qui sera serein et qui torturé, qui s'appauvrira, qui s'enrichira, qui sera humilié, qui s'élèvera, nul ne sait, ce qui compte c'est de tout donner, comme les coureurs de marathon entamant leur dernier kilomètre, épuisés et galvanisés, et pour que la course de ceux qui croient que Dieu les juge ici, maintenant, en fonction de leurs actes durant l'année écoulée, leur permettant de vivre dans l'année qui s'annonce, pour que cette course en apnée où plus de cinq cents pages sont lues, chantées, chuchotées, pour que cette course ait lieu dans les meilleures conditions, le corps léger, débarrassé des poids et des besoins qui l'encombrent au quotidien, il faut jeûner.

Le jeûne a démarré la veille, ma mère m'a expliqué quelque chose à ce sujet, ça ne me concerne pas, les filles commencent à jeûner à douze ans, les garçons à treize, mais j'ai entendu livre de vie, livre de mort, je veux être sûre d'être inscrite dans le premier. Pas une de ces couronnes à l'anis apportées par ma grand-mère ne franchira mes lèvres, pas une goutte d'eau ne me désaltérera, ma volonté est d'airain. La veille, ma décision n'a perturbé personne. Après tout, nous avions dîné à l'heure du goûter, avant d'aller à la synagogue, mais il est déjà midi, des femmes s'inquiètent, Il faut qu'elle mange ta fille, elle va pas tenir, elle va se trouver mal. Je secoue la tête non non non, trouvant en moi la force exaltante de ne pas me nourrir, moi d'ordinaire si gourmande, en témoigne mon ventre potelé, l'inverse des filles éveillant le dédain de ma mère ou ma grand-mère, Regarde-la, celle-là, comme elle est moche, *elle est plate comme une planche.*

Ma mère m'incite à boire au moins au robinet, c'est plus important de boire que de manger. Je refuse. Des femmes nous regardent comme si nous étions folles, comme si ma mère était folle de ne pas s'apercevoir que sa fille est folle mais elles se trompent, je crois avoir percé le secret de l'organisation du monde, de la vie et de la mort, il ne tient qu'à moi de jeûner pour être sûre de vivre, et soudain des messagères tout juste arrivées de l'extérieur propagent la nouvelle d'une voix blanche, il y a la guerre en Israël. J'ai l'habitude d'entendre le mot Israël dans les prières, je connais l'expression « les enfants d'Israël », ceux qui sortirent d'Égypte pour errer quarante ans dans le désert, ceux qui connurent la manne qui se déposait sur le sable du Sinaï chaque matin et prenait le goût des aliments préférés de chacun et rien de cela n'explique pourquoi des femmes sont tombées à genoux, pleurent, tremblent, disent Israël va peut-être disparaître, est-ce possible que Dieu ait, ce jour-là, inscrit tout un peuple dans le livre de la mort ?

L'angoisse arrache ma mère à ses prières, elle fouille son sac, en sort une pomme, la fourre dans ma bouche, Mange, allez mange, d'un ton sauvage et suppliant. Je suis pétrifiée par son visage qui n'a plus rien d'aimant. Le fruit m'empêche de respirer, mes dents luttent contre la pomme, Allez mange, mange, je croque et déglutis, je n'ai plus le choix, le cours solennel de la journée est suspendu, et avec lui l'injonction que je m'étais faite de tenir jusqu'au bout, la pomme progresse, Allez, avale. Je ferme la bouche pour mâcher comme on me l'a appris, broyer sept fois chaque bouchée pour la réduire en bouillie, on digère mieux ainsi, mais il est trop tard, je suis prise de soubresauts, un monstre se débat dans mon ventre, creuse un tunnel jusque dans ma poitrine, et finit par jaillir dans un torrent acide.

Ma mère me prend dans ses bras pour aller nettoyer ma robe souillée aux toilettes, je m'étonne de ne pas avoir été anéantie pas la puissance venue du fond de mon corps, et de me sentir si légère. Il y a en moi quelque chose de plus grand que moi. Il y a à l'extérieur des peurs qui défigurent les adultes. Je pourrais fermer les yeux et me laisser porter, mais je chuchote à ma mère, Pose-moi, je veux marcher, je peux marcher. Tu vois, Raphy, mon premier souvenir est un duel entre Dieu et l'Histoire, tu imagines que je n'avais pas les moyens de le comprendre à l'époque mais la secousse a traversé le corps de mes trois ans, et guide sans doute mes pas depuis. Pendant ce temps, au même moment peut-être, tu sentais tes jambes s'évanouir, puis tu voyais surgir Leonard Cohen dans le désert, comme j'aurais aimé être là, je me sens bête de t'envier, pardon, je ne peux me défaire de l'envie de sauter parfois hors de ma trajectoire pour vivre ce que je n'ai pas vécu.

Je pile net parce que je n'ai pas vu le stop et une voiture passe en trombe à quelques centimètres de mon pare-chocs en klaxonnant à fond, j'ai le temps de voir le visage déformé par la colère de la conductrice, et son majeur tendu dans ma direction, je ne peux pas lui en vouloir, à presque cinquante ans d'écart, on a failli être les ultimes victimes de la guerre de Kippour, ou peut-être pas les ultimes, qui peut affirmer que l'Histoire cesse d'agir un jour ? Depuis des années je traverse le temps avec mes élèves et le fait miroiter pour eux, je leur dis, Au lieu de faire une frise chronologique de gauche à droite bien horizontale, c'est plutôt sur une boule à facettes qu'on devrait inscrire les événements, ce serait une forme plus juste, n'oubliez jamais que l'Histoire brille et s'éteint dans nos vies de manière anarchique.

Un panneau de sortie indique Cana et Nazareth, et une affiche en carton fixée au-dessous annonce d'une écriture manuscrite *Vente de cerises, un kilomètre*, promesse qui me semble plus terrestre, et me décide à faire une pause. L'accident évité de justesse a déclenché un tremblement dans mes membres, je n'imaginais pas ressentir du danger en venant là puisque je n'imaginais rien à part être sur les lieux où Leonard Cohen avait quitté la scène pour retrouver ses contours, et soudain la menace me semble criante bien plus qu'irrationnelle, je compte sur les fruits pour dissiper ce qui ressemble à un pressentiment.

6

Il les vend par deux kilos, pas moins, il dit que ce sont les meilleures cerises au monde, elles viennent du plateau du Golan, les arbres sont exposés plein soleil à l'abri du vent, je suis sûr que tu n'en as jamais mangé de pareilles, t'es d'où, de Paris ? Ah, la France, il paraît que c'est plus pareil, vous avez eu des attentats pires que chez nous et vous avez plein de problèmes avec vos immigrés.

Heurtée par cette réduction, je me lance dans une défense de mon pays alors que je m'inquiète tant pour lui par ailleurs, comme pour un vieil enfant dont on ne sait s'il a toute sa raison. Je découvre le goût sucré et saturé de conservateurs du patriotisme en décrivant une douceur de vivre faite encore de politesse, de livres, d'étendues vertes, je vante les charmes de la Bretagne, des Cévennes et du Périgord avec des élans de guide touristique, j'évoque des histoires cosmopolites qui se rejoignent dans Paris, bien sûr tout ne va pas bien, tout ne va jamais parfaitement bien mais je vis dans un pays où l'on peut espérer que les digues tiendront, et j'investis ces derniers mots de toute mon assurance. Ma pédagogie active refait surface, je n'ai pas besoin de chercher très loin dans mes connaissances géographiques pour demander à ce garçon s'il pense qu'il n'y a aucun problème ici, et à combien de kilomètres de la frontière syrienne il vit, dans un rire il répond Trois. Ouais, d'accord, je te vois venir, t'es une maligne toi, c'est vrai qu'on peut distinguer leurs soldats campés sur leurs miradors simplement en plissant les yeux, on entend des explosions, et parfois on entend vrombir nos avions qui vont bombarder là-bas, mais c'est pas pareil, ça se passe de l'autre côté de la frontière, c'est comme si ça n'existait pas. De toute façon, je suis né là, je mourrai là, il n'y a pas de meilleur endroit au monde. Moi, je vis au rythme de mes arbres, je ne vote jamais, j'écoute les informations comme je regarde une série, tout ce que je ne vois pas de mes yeux est une fiction. Va faire un tour à Keshet si tu as le temps, ouvre les yeux sur les paysages, tu comprendras.

Je lui donne vingt-cinq ans sous son chapeau de paille et ses certitudes énoncées d'une voix claire. Jamais à son âge je n'aurais pu prononcer une phrase pareille, je suis née là, je mourrai là, et je n'en suis pas plus capable à présent que j'en ai le double. Son retrait du monde m'intrigue plus encore, je voudrais savoir s'il a pris cette décision un jour ou s'il a grandi ainsi, détaché de tout ce qui ne l'entoure pas directement. Vivre avec pour seules variations la météo, le corps plus ou moins vaillant selon les jours, les parasites qui attaquent les arbres et contre lesquels on cherche des parades. N'exagère-t-il pas son indifférence ?

Il écrase d'une frappe précise un moustique posé sur son bras, je sens que je suis piquée de mon côté et suis soudain pressée de partir, j'ai un sang dont les bestioles font leur miel mais il me demande, Et toi, qu'est-ce que tu fais là, du tourisme toute seule ? Tu n'as pas de mari ? Pas d'enfants ? Je ne sais pas ce qui me prend de lui mentir, non, je n'en ai pas et je viens retrouver ici un amour. Il me lance un clin d'œil complice, il tient à savoir qui c'est, où il habite, depuis combien de temps je le connais, est-ce une histoire clandestine ? Je reste évasive, il affirme, Clandestine donc. Tu as raison, ce sont les meilleures, y a moins d'obligations, et les obligations ça te démolit l'amour, et il finit d'emballer les fruits dans un sachet en plastique, s'étonnant que je réclame un sac en papier, vous avez quoi vous les Européens contre le plastique ? Un touriste sur deux me demande la même chose.

J'essaie de lui transmettre quelques notions écologiques mais je parle trop vite et de manière approximative, je ne trouve pas le bon terme en hébreu pour dire empreinte carbone, ça n'a jamais figuré dans mes cours, ni dans aucun texte que j'ai lu, et les moustiques ont lancé une attaque en règle contre mes chevilles. Je regrette le temps englouti où je ne sentais rien. Il dit, Vous me faites rire, les Occidentaux, avec vos inquiétudes et vos déclarations et vos programmes et votre envie permanente de vouloir imposer au monde une manière de vivre. Vous croyez vraiment que vous avez tout compris ?

En d'autres temps je n'aurais pas lâché, j'aurais expliqué que ce n'est pas une fiction, que ses cerisiers mourront un jour de son déni, mais je veux échapper aux moustiques, la dérobade tient à pas grand-chose, on pourrait même dire la lâcheté, je lui laisse la monnaie et remonte dans la voiture en me grattant les jambes. Il a le temps de me lancer, Si tu cherches une autre histoire clandestine je suis là, je m'appelle Yoram,

Kibboutz Keshet, tout le monde me connaît, et je ne sais pas si je dois prendre cette proposition comme un compliment ou une provocation, je démarre. La voiture est déjà une fournaise, j'hésite à allumer la clim après ma leçon ratée sur les menaces climatiques, je baisse la vitre, plonge la main dans le sachet de cerises, c'est vrai qu'elles ont un goût exceptionnel. Idéalement charnues, juteuses, sucrées. Je roule avec la sensation que je dois me nettoyer de quelque chose, peut-être du mensonge qui m'a échappé, je ne comprends pas pourquoi j'ai rayé Julien et Lola de ma vie devant cet inconnu, quand j'ai dit que je venais retrouver un amour, c'est le visage de Leonard Cohen que j'ai vu, c'est stupide. Je cherche un morceau dans la playlist, choisis l'*Improvisation* à la guitare enregistrée en public à Paris en 1972, quelques semaines avant le concert de Jérusalem, je me dis j'étais là, tout près, à quelques kilomètres, j'ignorais que j'existais mais j'existais, j'ignorais qu'il existait mais il existait, et il chantait tandis que je dormais sans doute la bouche collée à mon poing dans un petit lit dont j'ai tout oublié, et ce qui me traversait alors est englouti dans le trou noir de l'enfance balbutiante. Je suis soudain curieuse du corps minuscule qui était le mien, comment percevait-il les corps plus grands, les formes qui l'entouraient, la vie qui affluait en images et sensations ? Et d'une époque plus lointaine encore où ne rien penser et ne rien faire était à l'ordre du jour et de la nuit. Je suis venue au monde, j'ai été un paquet de chair tantôt vagissant tantôt béat, j'ai sans doute connu mon corps mieux que je ne le connais aujourd'hui car en ce temps-là c'était lui qui me connaissait, lui qui éprouvait de la tête aux pieds, j'ai observé Lola pour émettre des hypothèses. La détresse peut être une bulle d'air bloquée dans l'intestin ; la joie, un liquide chaud qui inonde, une peau contre la sienne ; la tristesse, un souffle froid qui transperce la chair et la terreur – l'angoisse innommable de retourner au néant. Le titre suivant s'enchaîne déjà, c'est *The Story of Isaac*, le sacrifice d'une génération par une autre, dit Leonard Cohen en préambule, et il prononce ces mots à Berlin, vingt-sept ans après la fin de la guerre, dans une Allemagne qui veut croire qu'elle a tourné le dos à la nuit, dans une Europe qui s'enivre de son désir de paix et de construction, sans avoir conscience que ses croyances économiques et politiques feront éclore d'autres dangers et qu'elle brandit peut-être, comme Abraham vers la gorge d'Isaac, un couteau vers la génération suivante. On a en permanence un temps de retard, me dis-je, l'accord parfait n'existera jamais dans la totalité du monde, pourquoi s'acharner à le désirer ? Je pense à Yoram qui a choisi de n'être affecté par rien d'autre que ses arbres, alors que moi, quand il a été établi qu'il n'y avait pas de Dieu, j'ai voulu arpenter le temps et croire en l'Histoire, il suffisait de la démêler pour repartir du bon pied, mais nous en sommes au même point lui et moi aujourd'hui, la seule différence est qu'il accepte son impuissance en dehors de sa sphère et que je pense refuser la mienne.

Je longe le lac de Tibériade, parviens devant les bâtisses de basalte et de pierre blanche de Capharnaüm qui se détache dans un virage émouvant, je ne saurais le dire autrement, il y a dans ce coude de la route un mouvement pur, quelque chose comme un espoir, un appel surgissant dans le soleil prêt à disparaître. Le site est fermé, je suis arrivée trop tard, je n'avais pas pensé qu'un lieu deux fois millénaire pouvait avoir des horaires de visite stricts mais ça n'a aucune importance, je veux découvrir ce qu'il y a derrière le virage, et poursuivre vers les hauteurs du Golan, quittant la route principale, m'engageant sur un chemin de terre qui traverse des prairies piquetées de coquelicots et de roches de basalte que mon regard transforme tantôt en bisons immobiles, tantôt en fantômes de pierre.

Yoram a raison : le relief végétal et minéral semble absorber toute inquiétude. Il faut le savoir pour le croire, qu'on est ici sur une parcelle du Proche-Orient, à quelques kilomètres d'un pays meurtri depuis plus de dix ans dans l'indifférence générale.

La voix du GPS se tait subitement, plongeant dans la déprime qui semblait la guetter depuis hier soir, ou fâchée contre moi. Elle ne balbutie même pas, elle s'arrête après avoir ordonné à plusieurs reprises, dans un tempo de plus en plus rapide et comminatoire, Faites demi-tour, faites demi-tour.

Solidaire de ce renoncement, mon téléphone n'affiche aucun réseau.

Des saignées de lave creusent profondément les prairies. Une rangée de barbelés surligne l'horizon.

C'est la première fois que je me heurte à une frontière qui s'affirme si implacablement comme telle, alors que je passe une partie de mon temps à corriger le tracé des cartes de mes élèves. Mais à quoi ça sert, madame, puisqu'il y a Google Maps ?

Peut-être à se représenter sa place dans le monde quand rien ne capte.

Le jour se dissout dans des teintes vertes et ambrées. Le dernier carrefour est loin derrière moi et le prochain n'existe peut-être pas.

Pas de direction indiquée, pas même un panneau *Toutes directions*, faussement conciliant.

Qu'importe. Je sais que je suis d'un côté de la frontière israélo-syrienne, et l'idée de la traverser me saisit.

7

Je bute sur une pierre cachée par les herbes qui m'arrivent aux genoux. Élargissant mon champ de vision, j'en découvre une trentaine d'autres : blanches, cinquante centimètres de haut, quarante de large, disposées selon un plan qui défie les lois tristement géométriques des cimetières. Ici, les hommes sont retournés à la terre en se fondant dans le paysage et en acceptant les aspérités du terrain. Toutes les stèles sont couvertes d'inscriptions arabes magnifiquement calligraphiées. Intactes, sauf celle sur laquelle j'ai buté, dont la moitié inférieure dresse de dangereuses arêtes dans le vide. La moitié supérieure gît à quelques mètres. Je la soulève, étonnée par son poids. Les deux parties s'emboîtent parfaitement, j'en retire une satisfaction primaire. De près, on distingue une fine zébrure et trois minuscules béances mais quelques mètres de recul laissent voir une stèle semblable aux autres.

S'il y a un cimetière, c'est que la vie n'est pas loin.

La vie d'avant la guerre de 1967, en l'occurrence, quand le tracé de la frontière courait bien plus au sud, jusqu'à longer la rive Est du lac de Tibériade.

Je m'adosse à une stèle. Des hommes ont enterré les leurs ici, sans se douter qu'ils ne pourraient s'y recueillir un jour. L'Histoire est aussi faite de cimetières que personne ne visite. Je vois une foule de visages mats et ridés, et parmi eux celui de mon grand-père, ratatiné, édenté, souriant. Tu as eu raison de venir, Mama, c'est un bon point de départ pour arpenter la terre, c'est ce que tu veux faire non ? Dégourdis bien tes jambes, parce que vivre, c'est marcher. Moi, je ne peux pas me plaindre, j'ai mis un pied devant l'autre jusqu'au bout, de mon lit à la salle de bains, de ma chambre à la salle à manger, et parfois je me racontais que j'allais à la mer, c'est pas n'importe quelle marche, c'est pas comme aller d'une rue à l'autre et d'une avenue à un parc. Tu sais qu'à un moment donné tu vas être plantée face à l'infini, comme au premier jour de la Création, quand le ciel et les eaux venaient tout juste d'être séparés. Tu peux plus avancer mais regarder, oui, et nettoyer tes pensées, comme avec les rêves, comme avec la musique, et quand tu as tout nettoyé, tu es prête à entrer dans la forêt, parce qu'elle a été créée après les océans, elle te raconte des mystères qui sont plus proches de toi, et donc plus difficiles à comprendre.

J'ai montré à Raphy les feuillets retrouvés dans la chambre de mon grand-père. Sans grand espoir – que pouvait-il en savoir, à des milliers de kilomètres et sans contact depuis des décennies ? – mais avec l'envie de partager ce mystère avec lui, qui avait connu mon grand-père au milieu de sa vie, quand il était musclé par les cageots qu'il portait, avait toutes ses dents, et ne souffrait pas encore de l'arthrose qui l'empêcherait de jouer du violon.

Raphy ne lit pas le français, mais j'ai résumé l'histoire pour lui, en insistant sur son étrange beauté inscrite dans un tout autre temps et dans des lieux où, en bonne logique, aucun de nos ascendants ne pouvait se trouver alors. Il a haussé les épaules, lèvres plissées dans une moue. C'est pas le genre de la famille d'écrire des histoires, mais de les raconter plutôt, et même de les rabâcher. De ce que je sais, le seul qui était instruit, c'était Georges, le frère de ton grand-père et de ma mère, je ne me souviens pas de lui, j'avais deux ans quand on est partis, et il n'a jamais mis les pieds ici, il est resté à Tunis même après le grand départ de 68. Je sais qu'il a étudié à l'Alliance et qu'il était au Parti communiste, mais pourquoi un communiste écrirait-il des choses pareilles ? Bon, de toute façon, à quoi ça t'avancerait de savoir qui est l'auteur de ces pages ?

Je ne sais pas. Une manie de comprendre les archives peut-être. De ne pas se résoudre à ce que la disparition de quelqu'un empêche désormais tout éclaircissement. J'ai une amie qui possède une photo en noir et blanc où apparaissent trois femmes. Derrière, il est écrit le prénom de sa grand-mère mais elle ne sait pas de laquelle il s'agit. Et sa propre mère l'ignorait aussi parce qu'elle n'a aucun souvenir de sa mère, qui a été déportée deux mois après sa naissance et n'est jamais revenue. Alors elle regarde la photo, elle cherche une ressemblance qu'elle trouve, qui disparaît parce qu'une autre apparaît. Le cliché est petit, de mauvaise qualité, même en le scannant et en l'agrandissant on n'y voit pas plus clair.

Et alors ? Ça l'empêche de vivre ?

Non. Mais quand elle y pense, c'est une incertitude qui la fait souffrir.

Avant, les gens ne connaissaient pas le visage de leurs ancêtres, ça ne changeait rien. Peut-être que moins on en sait, moins on souffre.

Pas sûr.

Tu me rappelles une femme que j'ai connue. Elle était tout le temps intranquille, j'ai compris un jour qu'elle ne cesserait jamais de l'être, parce qu'elle craignait de cesser d'être intelligente.

Et aujourd'hui, comment elle va ?

Je crois qu'elle est heureuse, elle a trouvé quelqu'un qui est aussi inquiet qu'elle. Enfin, disons quelqu'un qui manifeste son inquiétude de manière plus engagée que moi, a-t-il lâché dans un petit rire.

Réveillée par des hurlements, la gueule d'un loup s'esquisse avant que mes connaissances rationnelles me rappellent qu'il n'y en a pas par ici, et que je dois avoir plutôt affaire à des chacals, la nuit est tombée durant ma rêverie.

Quelque chose dans l'intensité de leurs jappements est trompeur, je ne parviens pas à déterminer la distance à laquelle ils se trouvent, mais ils sont nombreux, et semblent rappeler que, quoi qu'en pensent les hommes dans la journée, ici est leur territoire.

Une crainte archaïque au goût de mangue trop mûre mouille ma gorge. Je me remets en route en allumant mon briquet dans l'idée, fausse ou fondée, que le feu éloignera les bêtes dont les appels me transpercent les oreilles. Je leur attribue un sens guerrier, mais ce sont peut-être des indications ou des questions qu'elles échangent entre eux, ce serait prodigieux de comprendre cette langue, et sans doute utile. Je perçois un chemin sous mes pieds, jamais ruban de poussière et de cailloux ne m'a remplie d'une telle gratitude, quelque chose des hommes qui l'ont tracé renforce mes pas, me dit que moi aussi j'ai ma place ici, j'avance un peu plus vite et moins craintive, les cris des chacals n'ont pas disparu mais j'ai la certitude à présent qu'ils n'ont rien à voir avec moi, ne parlent pas de moi, ma présence ne les intéresse pas, je suis insignifiante, quelle merveille, ils ont leur vie et j'ai la mienne, elles ne sont pas tenues de se télescoper, je suis une femme qui marche au milieu des coulées de lave et des prairies dans la nuit, qui lève la tête vers le ciel rehaussé par les étoiles, ça fait longtemps que je n'en ai pas vu autant, et des effluves édéniques flottent à présent sur le chemin, me guident vers des formes noir charbon agencées sur un voile d'encre. Je sens des arbres fruitiers, un ou plusieurs figuiers dominent les autres effluves, je vois des ruines, un mur écroulé derrière lequel la lune éclaire un matelas éventré au milieu des ronces et des herbes folles, près d'une table couchée à laquelle il manque deux pieds.

Les chacals se sont tus. Un corps invisible fait crisser des feuillages. Bête ? Homme ? Ça crisse encore, ça rampe, ça frôle. La présence des ruines est à la fois inquiétante et rassurante, je retiens mon souffle avant de le libérer lentement. Tout va bien.

La terre tremble soudain, un roulement de sabots au galop vibre dans mes jambes et je me mets à courir, ou je crois que je cours car il n'y a plus vraiment de chemin mais des ruines plus ou moins vaincues par la terre, des ronces s'accrochent à mon pantalon, mon sac me ralentit mais je suis sûre de me diriger vers le figuier, mes narines me guident, je veux atteindre ses branches horizontales, ses feuilles épaisses, son envergure accueillante, tous mes sens sont au service de cette course et mes yeux voient plus que tout à l'heure dans l'obscurité, plus qu'il y a dix secondes, je vois presque aussi bien qu'en plein jour, et mes oreilles m'indiquent que les sabots qui me poursuivent sont plus rapides que mes pieds, le figuier est encore soustrait à ma vue, je fonce vers une bâtisse qui me paraît intacte, pousse la porte qui tient sur ses gonds, me retrouve nez à nez avec la carcasse d'un tank dans une cuisine dont deux murs se sont volatilisés. Prendre appui sur les chenilles, me hisser jusqu'à la tourelle, oser m'engouffrer, mes pieds tâtent un échelon solide, deux, trois, je m'enfonce dans le blindé.

Autour du véhicule, des grognements que je perçois comme des reniflements de sangliers très enrhumés.

Le tank sent la figue, l'humus, et une odeur aigre que je n'identifie pas.

Je n'ai plus mon sac, je sens que je n'ai plus mon sac avant de le savoir, sa masse a disparu de mon dos, j'ai dû le laisser tomber pour courir, je n'en ai pas le moindre souvenir. Mais j'ai toujours mon briquet dans ma poche, et je peux éclairer l'habitacle du blindé, détailler d'un premier regard d'immenses douilles rouillées, trois obus qui semblent intacts, le squelette d'un siège, deux boîtes de vitesses, des objets brûlés, fondus en un amas sombre et troublant, des os de rongeurs, un chiffon, des tessons de verre.

Je suis parcourue d'un rire silencieux et tendre qui me fait un bien fou.

Je tends l'oreille. Les sangliers s'éparpillent, groins flairant le ras du sol, des raclements sont perceptibles jusqu'ici. Je regarde de nouveau les obus et songe dans un sursaut que promener ici la flamme d'un briquet est très inconséquent de ma part, alors je m'assois dans l'obscurité, faisant confiance à mes yeux pour s'y habituer.

Dans le cercle tracé par l'ouverture de la tourelle, un avion se distingue des étoiles en imprimant des pointillés. Le ciel n'est pas vide mais je suis seule ici-bas, ni lâche ni courageuse, car sans autre choix que d'être là, grisée par cette indéfinition, et la sensation inédite d'être à la fois enfermée et à l'air libre.

Le froid transperce ma peau et je claque des dents. Je pense à la chemise pliée dans mon sac porté disparu. Une chemise de bûcheron canadien offerte par Julien à Noël 2020. Une vraie. Épaisse, gratteuse, à grands carreaux rouges. On dirait qu'on joue la comédie, avait dit Lola, parce que c'était la première fois que nous passions un réveillon à trois, et pas dans la famille de Julien. On avait vite expédié le repas, gênés de devoir lui donner un caractère particulier alors qu'on dînait tous les soirs ensemble et qu'à part les huîtres et le chapon, rien ne distinguait ce soir des autres soirs. Lola avait eu l'idée de lancer un jeu où l'on mimait une chanson, et celui qui trouvait le titre devait la chanter mais on n'avait pas respecté la règle très longtemps, on préférait chanter en chœur, et Julien nous avait fait mourir de rire en imitant Benjamin Biolay, puis on avait terminé la soirée sur le canapé en revoyant *Certains l'aiment chaud.* Finalement c'est notre plus beau Noël, avait conclu Lola.

Le souvenir de la soirée me réchauffe dans ce tank dont je ne sais s'il est syrien ou israélien, et qui m'abrite dans cette nuit où j'ignorerai l'heure, où j'aurai sans doute faim et soif, mais je peux tenir, je sais que je peux tenir, m'accrocher à ma respiration dont le mécanisme me semble subtilement prodigieux, jamais je n'ai respiré avec une amplitude si profonde, si douce, quel étonnement, le souffle, quelle joie quand il vous parcourt de la poitrine à toutes les extrémités, irriguant le corps de tout ce qui l'entoure.

Assise contre la paroi, je dors peut-être. Je dors sûrement. Me réveille. Me rendors. Cherche une meilleure position. Me résous à m'allonger totalement. Ouvre les yeux dans le noir presque complet, le ciel s'est voilé. J'ai soudain la certitude que le passage raconté par le violon dans les feuillets laissés par mon grand-père est une traduction écrite des *Quatre Saisons.* Il faudra que je les relise lorsque le jour viendra, il faut que je m'en souvienne. On ne peut échapper à aucune saison, leur alliance nous tient en équilibre, mais on peut se délester de l'héritage de ses pères pour inventer une nouvelle vie. C'est peut-être cela que le texte essaie de me dire. Ou bien n'a-t-il rien à me dire en dehors des arbres qui deviennent violon qui est joué puis vendu, et ainsi va le monde, Mama, c'est un cours d'eau, laisse-toi porter. J'ouvre les yeux et m'assoupis encore, entrevois les soldats jeunes et bruns qui ont connu ce tank avant moi, sont-ils vivants, sont-ils morts, je les vois vivants, ils ont décidé de fuir le tank pour danser leur jeunesse.

J'éprouve la douceur d'un slow dans une chambre tendue de tissus indiens, j'entends ma grand-mère qui me dit Viens, je vais t'apprendre à faire le ménage, la première chose à savoir c'est comment ne pas salir, ne passe jamais pieds nus du parterre au lit, lave-toi les mains une fois par heure, c'est la meilleure façon de ne pas déposer de crasse partout, et d'autres scènes de vie très claires qui s'effilochent aussi vite que les suivantes surgissent, dans le roulis de mon corps bercé par l'obscurité.

Les oiseaux ont deviné l'aube, l'un d'eux a donné le signal, leurs chants s'amplifient peu à peu, dans des registres et des tonalités qui se répondent et se chevauchent, tissant la toile sonore du jour qui se lève. Je ne le distingue pas encore par l'ouverture de la tourelle, mais à force de fixer le ciel je perçois une gradation très lente, nuance après nuance, et l'azur s'impose soudain d'une manière choquante, comme s'il croyait définitivement à sa suprématie.

Je me hisse sur les échelons. Les sangliers ont disparu. J'aperçois mon sac couché sur le flanc, à une quinzaine de mètres. Le figuier n'est pas si loin, derrière deux grenadiers et un cerisier en fleur agité par une brise d'aube. Je descends du tank, approche de mon sac comme s'il ne m'appartenait pas. Il me faut plusieurs minutes pour me décider à l'ouvrir, en extraire la chemise de bûcheron et le reste de cerises. Rafraîchies par la nuit, elles sont encore plus délicieuses que la veille.

Je retrouve le chemin que je parcours en sens inverse, en me retournant de temps à autre pour contempler les ruines qui à la lumière du jour se fondent plus encore dans la végétation.

Un peu plus loin, ma voiture se détache sur la prairie. Elle est couverte de rosée, je ne résiste pas à la tentation de tracer quelques volutes sur le pare-chocs de la pointe de mon index, avant d'y entrer et de démarrer.

8

Maman j'ai été kidnappée par des gens que je ne comprends pas, des Russes ou des Bulgares, tu sais bien que je suis nulle en langues. Rappelle.

Le message de Lola a été envoyé il y a une heure mais je ne le reçois que maintenant, dans la vallée du Jourdain, parce qu'il m'a semblé que c'était la plus belle route pour me rendre à Jérusalem malgré les mises en garde du pompiste à Tibériade. Je te conseille plutôt de rejoindre la route numéro 6, elle est plus sûre, et tant pis pour le coût du péage. Dans la vallée, tu longes des villages arabes, il y a parfois des tirs et des jets de pierres, c'est pas tous les jours mais on sait jamais, il suffit d'être au mauvais endroit au mauvais moment, ça vaut pas les économies que tu vas faire, la vie n'a pas de prix comme on dit. Et sinon, tu as vu les crocodiles ? On a une réserve pas loin, on se croirait en Floride, je peux t'indiquer le chemin.

Je n'avais pas d'envie particulière de voir des crocodiles, ni de me croire en Floride, mais je sentais qu'il y tenait beaucoup, soit par passion pour les reptiles, soit par fierté nationale, soit parce que sa famille tenait la réserve. Toutes ces raisons étaient acceptables, et je forçai sur l'attention de mon expression en écoutant ses indications d'itinéraire avant de remonter en voiture et prendre la direction de Beït Shéan.

Le téléphone claironne de nouveau et me transmet le même message de Lola, sur fond bleu cette fois. Mon cœur garde un rythme régulier, je ne transpire pas plus qu'il y a cinq minutes, je respire normalement, et l'idée que je suis une mère indigne m'effleure. Je m'engage dans ce qui ressemble à un parking un peu plus loin sur la droite, près d'une baraque en bois ombragée par des eucalyptus qui annonce les meilleures grillades du Proche-Orient, et j'appelle ma fille qui décroche en soupirant, Ah ben quand même ! Alors hier ils m'ont arraché l'auriculaire gauche avec une grosse pince, ils l'ont envoyé par coursier à papa, mais là, ils m'ont arraché le droit et ils veulent te l'envoyer, et comme on sait pas où t'es, c'est galère, en plus ils ont pas l'air du genre à vouloir payer trois cents euros pour un DHL, ça va te coûter un max cette histoire vu qu'ils font ça pour le fric, ils vont l'ajouter en supplément.

Lola je t'adore.

Dis pas ça, ils nous écoutent, ils vont augmenter la rançon. Dis que tu m'aimes pas, que c'est papa qui t'a fait un enfant dans le dos, que tu rêves depuis toujours de te débarrasser de moi et que tu es tout à fait d'accord pour qu'ils me gardent comme cuisinière, ou plutôt comme garde du corps parce que je suis ceinture noire de karaté, je leur ai dit, je leur ai montré les photos de mes tournois sur mon compte Insta.

Comment tu vas à part ça, ma chérie ?

Elle soupire de nouveau.

T'es nulle, t'aurais pu faire semblant au moins une minute. N'empêche que si c'était vrai, t'aurais fait quoi ? Et si je t'avais pas envoyé ce message, tu m'aurais appelée ? Il est où mon short bleu ? Et toi t'es où ? À New York ? On te manque ?

Je lui réponds que le short doit être au sale, et que son alerte n'aurait pas pu être vraie parce qu'il ne peut rien lui arriver de grave, c'est comme ça, je le sais, je le veux, je l'ai décrété à sa naissance. J'ai refusé de vivre dans la crainte qu'elle tomberait sur la tête, s'étoufferait en mangeant une noix, serait à l'endroit où la foudre s'abattrait. Julien n'est pas d'accord avec moi sur ce point, il pense qu'il faut préparer les enfants au danger, à la déception, au chagrin, et je lui soutiens qu'aucun discours ne dispose aux grands tremblements, alors que la confiance forge des appuis insoupçonnés.

Je ne dis pas à Lola où je suis. C'est un voyage que j'ai besoin de faire seule, ma grande, et être seule signifie aussi que ceux qui me connaissent ignorent où je suis, que personne ne rattache ma présence à un lieu, la désorientation est encore plus puissante. La nuit dernière je me suis sentie une parmi des milliards, insignifiante et unique. J'ai été légère, une plume volant sur une canopée. Je te raconterai tout ce dont je me souviendrai à mon retour.

Elle se tait.

Je suis au bord de lui dire que je l'aime mais quelque chose me retient, et nous flottons dans un silence qui commence comme un reproche, se cabre en défi pour savoir laquelle de nous deux le brisera la première, se tamise en laissant passer sa respiration un peu plus perceptible car elle tire sur sa cigarette électronique, et s'étale enfin, souple, soyeux, primaire, c'est une certitude que nous y sommes bien toutes deux, plongées dans une trouée connue de nous seules qui se nimbe d'une demande muette, ne dis rien, ne parle surtout pas maintenant. S'ensuit un tremblé très lent, clapoteux, qui nous ramène doucement vers la parole. Je chuchote, Ma chérie, ma petite chérie, ma Lola, et elle sait que ce sont les mots que j'ai prononcés à sa naissance, les premiers entendus lors de sa venue au monde, dans le même ordre, dans le même souffle, elle prend encore quelques secondes pour chuchoter elle aussi, Finalement, je crois que je t'aime plus que je te déteste, et sa voix remonte à la surface, T'es pas obligée de me dire où t'es mais ramène-moi un cadeau quand même, et je retrouve mon ton habituel pour corriger, On dit rapporte-moi pour une chose, ramène-moi pour une personne, elle rétorque que c'est les vacances, et que mon départ annule momentanément mon autorité parentale. Je lui promets un cadeau, puis nous comptons jusqu'à trois pour raccrocher ensemble, comme lorsqu'elle était enfant.

Les mains sur le volant, je contemple les eucalyptus immobiles, les mouches qui tournoient au-dessus des tables en bois, la fausse tête de vache qui surplombe la baraque au comptoir ouvert derrière lequel s'active une femme ridée et bronzée, bandana rouge autour de son crâne d'où s'échappent deux longues tresses grises. Elle sent mon regard, me sourit en agitant la main, son geste m'ouvre curieusement l'appétit.

9

Elle s'appelle Edna. C'est le jardin d'Éden au féminin, s'exclame-t-elle en riant, parce qu'on a beau dire, le paradis est une histoire de femme. Les hommes sont là depuis des siècles, à accuser Ève d'avoir aimé dialoguer avec le serpent, d'avoir voulu goûter au fruit de la connaissance du bien et du mal, mais si tu lis l'histoire correctement, sans idée préconçue, tu t'aperçois qu'Adam était surtout un fainéant, un type qui aurait aimé rester planté là éternellement, et pour faire quoi une fois qu'il avait tout nommé ? Regarder toute la journée des matchs de hannetons ? Adam a peut-être nommé les choses, mais il s'est arrêté là. Ève, elle y va, elle ose. Elle veut de l'ambigu, des questions, de la douleur et des joies, elle a l'intelligence de désirer affronter tout ça. Elle étreint l'existence, tu vois.

Tout en parlant, elle détaille des tomates et des concombres en petits cubes avec une rapidité et une régularité épatantes. Elle s'interrompt pour déposer des brochettes sur le gril, des frites dans un bain d'huile, et continue de couper la salade en jetant de furtifs coups d'œil aux aliments qui grésillent. Tout est chorégraphié au millimètre, et cette énergie parfaitement maîtrisée par laquelle son corps habite chaque seconde me frappe en plein cœur.

Je sens que discuter en même temps qu'elle agit ne la perturbe pas, au contraire, son esprit est capable d'épouser ses gestes et inversement, sans que l'un empiète sur les autres. Je lui demande si elle tient cette baraque seule, et si elle en retire suffisamment pour vivre, car on se sent un peu au milieu de nulle part ici, et il ne semble pas y avoir beaucoup de passage, les gens doivent préférer l'autoroute à péage.

Elle sourit. Au milieu de nulle part, ça n'existe pas, tu es toujours sur Terre quoi que tu fasses.

Elle désigne du menton deux huppes qui picorent près des eucalyptus, Même elles ont besoin de sentir la terre ferme sous leurs pattes. Même les avions.

Elle retourne les brochettes, secoue d'un mouvement sec le panier de la friteuse, verse du citron, de l'huile et du sumac sur la salade. Je ne suis même pas étonnée d'entendre deux avions de chasse briser le mur du son, comme un écho naturel aux paroles qu'elle vient de prononcer. Edna est si en adéquation avec le monde qu'elle peut faire surgir l'illustration de ce qu'elle dit. Ou bien a-t-elle l'ouïe encore plus fine que moi, elle les a entendus tandis qu'elle me désignait les huppes.

Elle dresse assiette et couverts sur le comptoir, me sert un verre de vin glacé, Il est fait maison, cadeau de la patronne, si si ça me fait plaisir, tu as une bonne tête, on dit qu'il faut pas juger sur les apparences mais sur quoi tu veux juger ? Moi, ça fait cinquante ans que je vois passer quinze à trente personnes par jour. C'est suffisant pour vivre, pour répondre à ta question, et c'est suffisant pour connaître l'humanité. Je sais reconnaître ceux qui cherchent le sommeil pendant des heures, et se battent avec amertume contre eux-mêmes. Ceux qui croient qu'ils ont tout compris. Ceux qui se placent systématiquement au-dessus des autres, parce que l'égalité les effraie, ils ne vivent que dans la mesure de la supériorité et de l'infériorité. Et ceux qui ont un cœur plus vaste que cette vallée, ils ont de la place pour tout le monde, ils aiment secourir et savent se réjouir pour les autres, ils ont été aimés correctement, avec constance, ça aide. Je dis pas qu'ils sont nombreux, mais ils existent. Mange, mange, ça va refroidir, tu peux pas écouter en mâchant ? La viande est bonne quand elle est brûlante, le secret c'est de la faire mariner pendant trois jours en la retournant dans le frigo, tiens, je t'accompagne.

Nous trinquons, je trempe les lèvres dans mon verre, c'est une sorte de jus de raisin alcoolisé. Peut-être pas le meilleur vin du Proche-Orient, mais le plus étonnant.

Il est bon, pas vrai ? Douze degrés, cent pour cent naturel du bouchon au cul de la bouteille, tu peux en boire des litres sans être malade. Y a des grands restaurants de Tel-Aviv qui me courent après pour en acheter, mais j'ai une petite production et je me la réserve. Quand même, si tu veux, je peux te vendre une bouteille que tu rapporteras en souvenir, parce que t'es pas d'ici, pas vrai, ça se voit que t'es pas d'ici, même si tu parles bien, trop bien même, on dirait que t'as appris l'hébreu dans les années cinquante.

Elle me scrute d'un regard si intense que je palpe ma chemise pour m'assurer que je ne suis pas nue. Elle éclate de rire.

Si tu voyais ta tête. On dirait la fille dans le film de Hitchcock avec le garçon rendu fou par sa mère. Là, tu te dis qu'on est seules toutes les deux, que je pourrais t'assassiner sans témoin, et tu te demandes pourquoi tu t'es arrêtée sur mon parking, pourquoi tu avais un coup de fil si important à passer à ce moment précis, je t'ai vue dans ta voiture, mais je n'ai rien entendu. C'est comme ça que j'ai deviné que tu venais d'ailleurs. Ici les gens parlent fort au téléphone, tu les entends à cinq cents mètres à la ronde, ils n'ont pas compris que leur voix passait par la technologie invisible, non, ils croient qu'ils doivent la porter eux-mêmes jusqu'à leur interlocuteur, mais toi tu chuchotes, tu avances yeux écarquillés comme une enfant qui vient de naître au monde, et pourtant, je te le dis, ça se voit comme les vignes devant ma maison que tu as goûté au fruit de la connaissance, tu vas vivre de grandes choses grâce à ça, crois-en l'expérience d'Edna. C'est pas que je sois une prophétesse, mais je vois ce qui est devant moi.

10

Edna a insisté pour me donner deux bouteilles d'eau congelée en certifiant, On n'a jamais assez d'eau dans la vallée, on se déshydrate en moins de temps qu'il n'en faut à une femme pour quitter un homme un samedi soir, quand les bus se remettent à rouler après Shabbat, je sais de quoi je parle.

Je les ai déposées sur le siège passager en encadrement de la bouteille de vin pour la maintenir au frais. À défaut d'un cadeau pour Lola, j'ai trouvé celui de Julien.

Un air brûlant s'engouffre par les vitres baissées et transforme l'habitacle en soufflerie assourdissante, mais je persiste à ne pas allumer la clim et roule plus lentement. À quarante kilomètres-heure, le bruit est supportable, tant pis pour les quelques voitures qui me dépassent en klaxonnant.

Les mots d'Edna continuent d'irriguer ma poitrine. Quelle chance de l'avoir rencontrée. J'imagine une vie qui serait une éternelle errance où je m'arrêterais devant chaque personne croisée et l'écouterais quelques minutes. J'exerce de légères pressions sur le volant, le contact du similicuir au creux de mes paumes me ravit, on dirait que le toucher aussi se décuple maintenant qu'il est revenu, ou est-ce le repas aux goûts si précis et le vin qui me rendent si aérienne, si joyeuse, j'essaie de ne rien perdre du paysage de western qui m'entoure tout en fixant la route, il est impossible d'ignorer qu'elle se situe au-dessous du niveau de la mer, des panneaux indiquent régulièrement l'altitude négative, on y sent une incitation délibérée à l'étonnement d'approcher un peu plus qu'ailleurs le noyau de la Terre, d'être là où l'on devrait être englouti, et on nc l'est pas.

Moins deux cent cinquante mètres.

Jéricho, dix kilomètres.

Une batterie arythmique prend possession du moteur qui hoquette plusieurs fois, j'ai tout juste le temps de me garer sur le bas-côté, la voiture cale.

J'ouvre le capot pour ne pas perdre la face à mes propres yeux, mais j'ai beau fixer l'extraordinaire enchevêtrement des fils et des composants du moteur, je ne suis pas en mesure de déceler l'origine de la panne.

Je compose le numéro inscrit sur la boîte à gants mais je n'ai qu'une barre de réseau, un répondeur automatique me propose des choix dont seul un mot sur trois me parvient. J'essaie successivement tous les chiffres du clavier sans qu'aucune voix humaine prenne le relais.

Le soleil cogne, et mord, et écrase. Edna n'est peut-être pas une prophétesse, mais elle a vu juste en me donnant les bouteilles d'eau qui se sont décongelées partiellement en imbibant le siège passager. J'en fais glisser une dans mon dos, sur mes bras, mes jambes, je me repais des frissons qui me parcourent, bois quelques gorgées glacées, hésite à m'en asperger, qui sait combien de temps je vais rester ici, je mouille tout de même ma tête.

Une camionnette couverte de sable ocre passe en trombe, je tends le bras trop tard pour l'arrêter.

À force de fixer la route déserte, j'y vois des vaguelettes argentées et une brume cendrée. C'est très beau, à la fois métallique, vaporeux et brûlant. Je suis un grain de sable grillé par le soleil, dans quelques instants le vent m'emportera. Boire, il faut continuer de boire pour ne pas céder aux hallucinations. Je termine la première bouteille à petites gorgées, tends de nouveau mon bras, pouce levé.

*

Il me fait entrer dans son 4×4 avec de grands gestes, soufflant et rugissant, Mets ton sac dans le coffre, je veux pas qu'il salisse la banquette arrière, je viens d'acheter la voiture. Non mais t'es une psychopathe ou une gauchiste pour faire du stop ici ? Tu veux avoir la mort de nos chers soldats sur la conscience ? Allô, tu vis où ? Parce que l'espérance de vie, seule sur cette route, elle est à peu près de cinq minutes, les plus sauvages t'auraient massacrée sur place, les plus intelligents t'auraient enlevée et emmenée à Naplouse ou Ramallah pour t'échanger contre dix mille terroristes, et là qui serait venu te chercher, hein, dis-moi ? Et ça aurait coûté combien à l'armée ? Non mais les gens comme toi il faut les enfermer, c'est pas possible, plus rien ne va dans ce pays, tu vas voir aux prochaines élections, on va régler tout ça fissa avec l'ordre et la force, on va virer tous ces pédés qui nous emmerdent avec leurs fêtes, leur high-tech et leurs gosses achetés à l'étranger, on va les expédier sur la Lune avec les Arabes puisqu'ils les aiment tant, et que la paix soit sur Israël. Tu vas où ?

Jérusalem.

Malheureuse, tu connais pas les règles de base ? Si tu es suffisamment débile pour faire du stop à dix kilomètres de Jéricho, tu dois au moins connaître les règles. Tu ne dis JAMAIS où tu vas, tu demandes au chauffeur où LUI va. Et d'ailleurs, tu aurais dû me poser la question avant de monter en voiture. Si tu étais tombée sur un terroriste et lui avais dit je vais au Zimbabwe, crois-moi qu'il t'aurait dit qu'il y allait justement lui aussi pour rendre visite à son cousin, ils ont des milliers de cousins partout dans le monde, qu'est-ce qu'ils nous emmerdent à vouloir rester là ? Et toi tu fais confiance comme ça à un mec qui te prend en voiture juste parce qu'il porte une kippa. Tu as tort. Eux aussi ils portent des kippas et des uniformes de l'armée, pour berner les gens, et ils te font des sourires et parlent hébreu mieux que toi et moi, mais il faut faire attention à l'accent, ils ont du mal à s'en débarrasser. Bon, il faut croire que c'est ton jour de chance, tu es tombée sur un brave type, il faut que tu fasses la prière des miraculés, tu connais la prière des miraculés ?

Je m'autorise un mensonge en secouant la tête, et me promets intérieurement de la réciter pour bénir le moment où je descendrai de sa voiture.

Ils t'ont appris quoi tes parents ? À te prosterner devant Netflix, Zara, le féminisme et tout ça ? Répète après moi, Béni sois-tu Éternel notre Dieu roi du monde, qui sauves ceux qui te doivent reconnaissance et qui m'as sauvée. Allez, vas-y. Tu veux que je la dise plus lentement ? Oh, t'es devenue sourde, ou muette, ou les deux ? Tu vois, t'es déjà punie, t'aurais dû te dépêcher de prononcer la bénédiction.

J'inspire profondément. Écoute, on n'est pas obligés de penser la même chose tous les deux, et tu n'es pas tenu de me conduire à Jérusalem, ni au Zimbabwe. Tu peux me laisser là, je ferai du stop, je retiendrai les règles dont tu m'as parlé parce qu'elles me semblent logiques, et on poursuivra nos routes sans chercher à se convaincre, parce qu'on ne le peut pas, ni à se nuire, parce que je ne le souhaite pas.

Il a un petit rire. Ah une gauchiste ! Je me disais bien. Et tu crois qu'on est des sauvages, c'est ça ? Bah non, on sait être humains, on est plus humains que vous, même, grâce à Dieu. Bientôt le Messie arrivera, le Temple sera reconstruit et vous ouvrirez les yeux, tiens-toi prête. Le virus, c'était un signe annonciateur. Et la neige le mois dernier aussi. La neige au mois de mars, pendant qu'en Europe le soleil cognait, si c'est pas un signe messianique ça, je sais pas ce que c'est. Bon, tu fais ce que tu veux, tu pries si tu veux, tu pries pas si tu veux pas, tu as ton libre arbitre, même s'il te conduit sur un mauvais chemin. Mais je vais pas te laisser au bord de la route, tu m'entends ? Tu me prends pour qui ?

Sans transition, il met son téléphone sur haut-parleur et appelle successivement sa femme à qui il dit qu'il arrivera à temps pour emmener sa mère à l'hôpital, son fils à qui il demande si son petit dernier a été accepté dans l'école talmudique Les Portes de la Lumière, son copain Menahem à qui il demande dix fois comment ça va avec toutes les variations imaginables, et l'autre lui demande la même chose, et comment tu te portes, et qu'est-ce que tu racontes, et quoi de neuf, et quoi maintenant, et les parents, et la femme, et les enfants, et les frères, et les sœurs, le tout ponctué en alternance de Grâce à Dieu et de Si Dieu veut.

Il ne fait pas mention du dangereux chargement qu'il transporte à bord dans son infinie mansuétude, parle comme si je n'étais pas là, et comme s'il n'avait en effet d'autre choix que de hurler pour que son interlocuteur l'entende. Je sors mes écouteurs sans avoir l'impression de transgresser les règles de politesse, et me réfugie dans *Songs of Love and Hate* tandis que nous entamons la montée vers Jérusalem par des collines rocailleuses. L'album s'impose pour son titre et la date de sa sortie, un an avant la tournée européenne de 72, un an avant le concert de Jérusalem. Je bâillonne discrètement les souffleries qui projettent sur moi un air glacé, enfile de nouveau ma chemise que je boutonne jusqu'au col, rabats mes manches, et me barricade pour le reste du trajet.

Nous longeons un village palestinien et une base militaire hérissée d'antennes aux formes et couleurs fantasques. Mon chauffeur demande en continuant de regarder droit devant lui, Tu vas dans quel quartier ?

Je n'avais pas prévu la question, j'ignore encore où je vais dormir, mais la réponse fuse comme la seule possible, je dis, aux Bâtiments de la Nation, et il grogne, c'est à l'autre bout, y a plein d'embouteillages à cette heure et c'est pas du tout ma direction. Je te dépose là, tu peux prendre le tramway un peu plus bas ou le 32, allez, je suis pas rancunier moi, que Dieu te garde et te conduise vers la vérité. Tu restes combien de temps à Jérusalem ? Je te laisse mon numéro de téléphone si tu veux venir passer Shabbat à la maison, tu verras, ça te fera du bien. Agis d'abord, tu comprendras après, tu connais ? Eh bien viens chez nous, tu parleras avec ma femme, c'est une grande sage, elle s'intéresse à tout le monde, elle a toujours une parole juste pour chacun, même pour les inconnus, tu comprendras tout à ta vie avec elle. Bon, c'est comme tu veux, je force pas, chaque chose en son temps, mais prends quand même le numéro.

Que je ne prends pas, mais je le remercie tout de même.

Un garçonnet rachitique attend le bus près d'une femme opulente, chemise à jabot et perruque, entourée de deux filles habillées comme Ofek sur les photos d'elle enfant, et de cinq paniers bourrés à craquer. L'arrêt est situé dans une avenue tranquille, du linge sèche sur les balcons de grands immeubles modernes couverts de pierre ivoire. Le bus s'arrête, la femme et les filles s'y engouffrent comme si elles étaient extrêmement en retard pour une mission secrète. Impossible de payer à bord, le chauffeur me désigne un QR code que je dois scanner et qui ne marche pas.

Pas de place assise, la clim doit être réglée à quinze degrés mais n'annule pas les odeurs corporelles pour autant, la radio diffuse une chanson d'amour que j'aimerais écouter, les visages autour de moi délivrent une multitude d'informations qui m'assaillent, des étudiants américains affalés au fond du bus parlent très fort, ou bien est-ce moi qui le perçois ainsi, Habiba a dit l'an dernier en classe qu'on estime toujours qu'une langue étrangère est parlée trop fort et trop vite.

L'une des fillettes montées en même temps que moi me fixe, je lui souris, elle propose d'un geste de me laisser sa place assise, des contrôleurs montent à l'instant où je m'apprête à accepter, d'autant plus qu'elle est installée près d'une vitre, je suis disposée à voir les rues de Jérusalem défiler sous mon nez sans effort. J'enjambe les paniers de sa mère pour descendre par la porte arrière, plus pour éviter une explication qu'une contravention. Je marche sans savoir où je vais, optant pour la pente descendante plutôt qu'ascendante. Rajustant les lanières de mon sac, je perçois une forte odeur de pissenlit qui émane de mes aisselles, des ombres se mettent soudain à parcourir le sol, de plus en plus nombreuses, véloces, tatouant les trottoirs, le bitume, les poubelles, les voitures garées, les murets de formes furtives qui croissent, se multiplient, se superposent, fuyant-cherchant quelque chose. M'attendant à disparaître sous le déferlement obscur je reste figée, je n'ai entendu aucune sirène annonciatrice de danger, aucune explosion, mais des cliquètements strient les airs, j'ai enfin la présence d'esprit de lever les yeux pour voir le ciel envahi par une gigantesque colonie d'oiseaux, des milliers de cigognes aux ailes déployées, becs et cous tendus dans la même direction, dignes, volontaires, organisées. Jamais je n'ai vu un ciel aussi palpitant, je m'attends à être soulevée pour les rejoindre, l'ordre des choses est peut-être enfin inversé comme il se doit, N'aie pas peur d'être légère, Mama, j'accélère le pas pour ne pas les perdre de vue, mais, plus rapide que moi, la nuée disparaît derrière une ligne d'immeubles tapissés de tricots blancs, de chemises blanches et de chaussettes noires, j'entends la voix de Leonard Cohen,

it's said in the Kabbala that when you can't fly,
you must stay on the ground.

III

1

Cartographier la ville avec mes pieds, ne surtout pas être touriste, tourner à droite ici parce que j'entends des voix d'enfants en train de jouer, je crois reconnaître du yiddish, je veux m'en assurer en approchant le bataillon de petits garçons vêtus de la même manière, calotte noire sur cheveux ras, franges de laine dépassant de leur chemise, oui, ils se disputent et se moquent les uns des autres dans la langue juive d'Europe, ils disent peut-être T'es nul, va te faire foutre en yiddish, ou une insulte bien croustillante, et je perçois une vibration d'accordéon dont le soufflet se referme en exhalant un accord en *la* mineur.

Je fais demi-tour pour suivre une vieille femme au visage tatoué de henné, fichu chamarré sur une tête de chauve-souris, elle porte au moins trois jupes superposées dans lesquelles elle trotte d'un pas très court et régulier qui m'oblige à ralentir pour ne pas la dépasser, sa silhouette me guide jusqu'au jardin où elle prend place sur l'unique banc qui fait face à un toboggan poussiéreux planté entre deux poivriers, elle me sourit de sa bouche édentée et d'un regard rempli de bonté. Je lui souris en retour, et poursuis dans une rue offrant de l'ombre, le soleil cogne encore sur les façades ivoire qui m'aveuglent, je vide la deuxième bouteille d'eau offerte par Edna, je l'entends dire Tu vas vivre de grandes choses, je suis tentée de la croire, même si un simple Tu vas vivre serait déjà une promesse.

Je longe des villas ottomanes et fières, des grues se dressent sur ma droite, les rues sont soudain très animées, j'ai franchi la frontière d'un quartier, impossible de détailler chaque visage, j'avais oublié ce que pouvait être une foule, je regrette de ne pas être restée un peu plus longtemps sur le Golan, après tout j'aurais pu m'offrir ça, quelques jours de paysages nouveaux et d'arbres fruitiers, de discussions avec les habitants du plateau, de contemplation de la frontière, je suis sûre que j'aurais pu demander une chambre au kibboutz de Yoram. Mais pourquoi veux-tu revenir en arrière, me dis-je, tu es ici parce que tu as pris la route ce matin, c'est le jour où tu laisses entrer Jérusalem en toi, où tu vois bien que la ville ne ressemble à rien de ce que tu imaginais quand on te disait qu'il fallait se tourner vers elle pour prier, c'était comique, mes parents étaient nuls en géographie mais ils savaient toujours où situer l'est, et j'imaginais, cachée derrière le mur vers lequel nous nous tournions, une ville blanche couverte de dômes dorés, et des rues arpentées par des hommes et des femmes très beaux, très sages, humbles et altiers. J'ai vu bien sûr depuis d'autres images, mais pas ces grappes de jeunes filles en chemise bleu ciel et longue jupe en jean, ces femmes aux robes bon marché brodées de sequins qui tiennent à un fil, béret enfoncé jusqu'aux oreilles soulignant des regards sévères ou anxieux, ce couple hippie, ce chanteur chenu qui s'accompagne à l'accordéon près des rails du tramway que je suis, en quête d'un espace plus silencieux, jusqu'à une embouchure barrée par des remparts qui m'évoquent un décor destiné à rappeler aux passants,

Ici s'élevait une ville que l'on appelait Jérusalem.

Tentée de pénétrer dans l'enceinte de la Vieille Ville, je bute sur le centre commercial qui s'y adosse et dont les lignes, faussement harmonisées à l'ensemble, me rebutent violemment. Une jeune fille aux cheveux frisés écrasés par une casquette jaune me tend un dépliant sur lequel je lis : *L'esprit a gagné.*

Une visite virtuelle des camps d'Auschwitz et Birkenau y est proposée pour une vingtaine d'euros.

Rejoignez une expérience bouleversante et extraordinaire en trois dimensions en Pologne, sans sortir d'Israël, dans l'établissement d'un lien historique intergénérationnel. À l'aide de visionneuses de réalité virtuelle (VR) vous entamerez une visite de soixante-cinq minutes, accompagnés par un guide expérimenté.

Nous commencerons la visite par la communauté juive pleine de vie de Cracovie, et de là nous poursuivrons vers le camp d'Auschwitz-Birkenau. L'héroïsme juif éternel brillera tout au long de ce parcours.

Suivant le guide, vous marcherez entre les crématoires, les douches, les blocks, les quais et l'Appelplatz. Vous pourrez palper les châlits des prisonniers et vivrez le même voyage remuant et bouleversant que les visiteurs qui se rendent en Pologne.

Aspirée par la promesse, je glisse vers les témoignages encadrés d'un filet bleu et blanc.

Je connaissais déjà les lieux et les récits, et j'ai vécu une expérience émouvante, unique et instructive en plongeant dans les méandres d'Auschwitz-Birkenau. Je recommande chaleureusement. (Esti, 46 ans)

Tant de nouveauté et de surprises dans ce voyage qui nous a conduits à la découverte de nous-mêmes dans le camp d'extermination et la vallée du massacre, le tout conçu d'une main d'artiste et raconté d'une langue pleine de cœur. (Amir, 28 ans)

J'ai réalisé un rêve vieux de plusieurs années : comprendre ce qu'avaient vécu mes parents, qui ne m'ont jamais autorisée à me rendre sur cette terre de sang. (Batia, 71 ans)

Je vois que ça t'intéresse. Il y a encore des créneaux disponibles, me dit la fille à la casquette jaune. Le soir c'est moins blindé.

Je glisse le dépliant dans mon sac, certaine qu'il occupera une place de choix dans mes archives. J'hésite. Et si je franchissais le seuil de l'aberration ? Il y a peut-être quelque chose à comprendre sur les chemins empruntés par la transmission. L'interrogation creuse un canal entre mon thorax et mon cerveau, c'est le souffle d'un élan oublié : voir, réfléchir, comprendre, une sensation que je n'ai pas ressentie de manière aussi claire depuis que les mots monde d'avant et monde d'après ont fait une apparition fugitive dans le langage. Dans quelle décharge se trouvent-ils aujourd'hui ? Le rejet l'emporte, mais je ne veux pas accabler la fille, je lui dis, Je crois que je ne suis pas prête pour une telle expérience. Elle écarquille les yeux en plissant les lèvres. Dommage. Tu sais pas ce que tu perds. Une femme de ton âge devrait être capable d'affronter ce genre de choses.

Des projecteurs s'allument pour éclairer les remparts dans le crépuscule et l'impression d'un décor soigneusement construit se renforce. J'ai soif, j'ai faim, j'ai des picotements au bout des doigts et suis obnubilée par l'odeur de pissenlit qui ne me lâche plus, mais les hôtels impersonnels et les restaurants bondés que j'aperçois me semblent en contradiction avec ce qui conviendrait à l'instant. Je voudrais trouver refuge dans un édifice silencieux et transparent, une structure au sommet d'un pylône qui surplomberait la ville et me permettrait de l'embrasser du regard. Il y aurait une douche à l'italienne, des jumelles pour observer les passants, un frigidaire contenant des fruits et du fromage blanc.

Deux filles se tenant par la main me bousculent, l'une d'elles est piercée, cheveux ras, peau très blanche, ce n'est pas Ofek, mais c'est son visage que je vois.

Elle est étonnée de m'entendre, tout en faisant preuve d'une hospitalité très simple. Ni contrainte, ni expansive.

Bien sûr, tu peux dormir chez moi. Mais on est mardi, tu te souviens ? C'est le soir où je vais au club des mécréants croyants. Tu peux te balader en ville et venir chez moi vers minuit, une heure du matin, on sait jamais quand on finit. Et si ça t'intéresse, tu peux nous rejoindre.

2

Le club est situé près du marché, dans un quartier entièrement piéton quadrillé de ruelles aux maisons basses, le genre de lieu où l'on devine que le prix du mètre carré a été multiplié par cent en dix ans. Une plaque discrète près d'un interphone indique l'acronyme de l'association. *Makam.* Je l'entends presque comme *makom.* Un lieu, mais aussi Dieu. Je sonne.

La faim et la soif guident mon regard vers des tables basses en cagettes de marché recyclées, sur lesquelles des bougies font briller des brocs de citronnade et des plats inconnus de moi qui manifestent très clairement leur appartenance à la cuisine réconfortante dans un agencement de couleurs et de textures contrastées. Des coussins sont posés entre les tables sur un grand tapis masquant presque entièrement un carrelage peint de volutes bleues, vertes et marron. Je m'abstiens de tout commentaire, tout en me promettant de trouver le bon moment pour conseiller à Ofek de dégager le tapis, et laisser respirer le carrelage, dont les motifs offrent une belle trame pour les pensées mouvantes.

Douze visages sont tournés vers moi. Ofek me présente en riant comme sa voisine d'avion venue de France pour chercher la paix dans l'épicentre du réacteur. Et alors, tu l'as trouvée ? demande un garçon aux joues constellées de grains de beauté qui m'évoquent des pépites de chocolat dispersées là par mégarde. Attends, Dekel, la bouscule pas, dit Ofek, on est des gens civilisés, on fait les présentations d'abord, et elle désigne chacun en égrenant des prénoms que je ne peux m'empêcher de traduire aussitôt, ou plutôt je vois l'image à laquelle ils correspondent, l'ensemble défile comme sur un praxinoscope : Horizon, Vague, Palmier, Aube, Rosée, Automne, Biche, Lumière, Lac, Aura, Feuille, Constance.

Le dernier prénom est prononcé directement en français par Ofek, qui appuie drôlement sur les *n* des voyelles nasales. Je dévisage la femme à la somptueuse chevelure blanche assise en tailleur, silhouette juvénile dessinée par un débardeur et un jean. Sensiblement mon âge, elle porte une tout autre expérience du temps sur son visage. C'est notre invitée, précise Ofek. Une fois par mois, on convie quelqu'un d'extérieur au groupe pour discuter. Constance Kahn met en scène une pièce sur la destruction du Deuxième Temple qui sera jouée jeudi sous les remparts, à la Piscine du Sultan, Hila est dedans, c'est Bérénice, ajoute-t-elle fièrement, et elle désigne une jeune femme gracile aux longs cheveux roux qui plisse ses yeux d'une acuité troublante.

Constance me tend un verre de citronnade en disant en français, Viens t'asseoir, tu as l'air d'une femme qui aurait marché quarante jours dans le désert.

Je prends place sur un coussin près d'elle, tenaillée par la faim, mais personne n'a encore touché aux plats et Ofek lance à Constance, Vas-y, continue, et Constance m'adresse un regard qui est une invitation à grimper sans crainte dans un train en marche.

Tout ce qui se passe ici depuis trente ans m'évoque des plaques tectoniques où Dieu rencontre le populisme qui rencontre la frustration qui engendre la guerre. On sait moins que jamais vers quoi on avance, mais l'a-t-on jamais su ? On pourrait dire qu'on y est, on est de nouveau dans une déchirure comparable à celle qui existait entre les Judéens du temps des Romains, en 70 après Jésus-Christ, dit Constance, et je savoure sa voix de lin, son phrasé délié, ses yeux bruns qui dégagent tant de clarté que j'y vois briller des paillettes d'or. On trouve vraiment des similitudes étonnantes : les charlatans qui propagent de fausses rumeurs – pas besoin d'Internet pour cela –, le peuple en rage contre les nantis, les factions qui sont toutes persuadées de détenir la vérité politique ou religieuse, et sont prêtes à imposer leurs vues par la violence. Les faits sont simples. Les faits sont souvent simples. C'est l'interprétation que les hommes en ont qui crée les heurts et les nœuds. Je rappelle pour Mathilde qui vient de nous rejoindre que la Judée est une province romaine depuis l'an 6. Les plus riches s'en accommodent, parce qu'ils aiment la culture romaine, ils y trouvent leur compte financièrement, ils n'ont aucun problème à faire partie de l'Empire du moment qu'ils peuvent vivre comme des aristocrates. Les plus pauvres sont accablés. Ils ne savent plus si c'est à cause des Romains qui les dominent et les surchargent d'impôts ou si c'est à cause du roi juif Agrippa et de sa sœur Bérénice, qui collaborent avec l'Empire, de même que les prêtres du Temple. Quand il y a une telle rupture de confiance, tout est en place pour que ça flambe, il suffit d'une étincelle, il y en a plusieurs : un sacrifice romain en plein Shabbat humilie les Juifs ; le gouverneur romain se sert dans le trésor du Temple ; les impôts augmentent, entraînant une révolte ; la population de Jérusalem est massacrée en représailles, trois mille habitants sont crucifiés. Pourtant, l'Histoire n'a pas basculé uniquement à cause des Romains, mais à cause de la guerre civile. Parce que des compromis étaient possibles, Flavius Josèphe les détaille dans *La Guerre des Juifs contre les Romains*. C'est un personnage central. Il fait partie de l'aristocratie du Temple, il est issu d'une lignée de prêtres, c'est le cousin de Bérénice et d'Agrippa. Tout ce que l'on sait ou presque nous vient de lui.

Il est quand même considéré par les Juifs comme un traître, dit un garçon aux yeux globuleux, les traits sculptés par une inquiétude constante sous des cheveux de laine aux reflets cuivrés. Stav, je crois me souvenir. Automne. Ça lui va parfaitement. Je devine que, comme Ofek, ils ont tous choisi de se renommer.

Bien sûr, répond Constance. Ils lui en ont voulu d'être le porte-parole du compromis, de narrer une histoire qui pointait à la fois la cruauté romaine et les erreurs des Juifs. Et plus que tout sans doute, ils lui en ont voulu d'assister à la chute de Jérusalem de l'extérieur. J'attire l'attention sur une chose qui a son importance : toute *La Guerre des Juifs contre les Romains* est parcourue par une opposition aux conduites suicidaires. Vous savez peut-être qu'avant de basculer dans le camp des Romains, avant de devenir l'historien de Vespasien puis de Titus, Josèphe lui-même a pris la tête de la révolte juive en Galilée. Acculé avec ses hommes dans une grotte, il a fait face à une majorité moins deux voix qui ne voyait que le suicide comme solution. Vous connaissez la suite, Josèphe dit à son aide de camp que le projet divin était de le garder vivant et il se rendit aux Romains. Josèphe reproche ensuite aux assiégés de Jérusalem le même emballement suicidaire. Ce que je veux dire par là, c'est que, pour Josèphe, il fallait choisir la vie, et définir le meilleur moyen pour la préserver. Comment vivre, en quelque sorte, en affrontant la question à chaque génération, en reconnaissant qu'il y avait eu une grandeur juive et qu'elle avait pu se perdre, et qu'il en est de même pour tous les royaumes. C'est peut-être l'attachement à l'idée d'une grandeur éternelle qui distille le poison de la guerre. Nous sommes minuscules, vulnérables et mortels, c'est notre condition immuable. Personne n'est au-dessus de nous pour nous protéger. C'est à partir de là qu'il faut penser, pas à partir de la puissance et du pouvoir.

Les battements de mon cœur s'accélèrent. Je voudrais faire quelque chose de mes mains, les plonger dans la glaise, sculpter de minuscules figurines vulnérables et mortelles, si seulement je savais. Donner une forme à la façon dont les paroles de Constance se glissent dans mes veines. C'est une rencontre, me dis-je en la regardant. Une rencontre, on la guette et on ne l'attend pas à la fois. Elle est une réponse et un espoir confiant. Je croise les mains en serrant mes jointures.

Une jeune fille prend la parole d'une voix aiguë et enfantine qui détonne avec un visage angulaire, une expression de responsabilité condensée dans ses sourcils froncés et une cascade de cheveux bruns.

Quand je t'écoute, je me dis que la destruction du Temple aurait pu être évitée. Alors je me dis que. Je pense. Enfin, c'est une hypothèse : si le Temple n'avait pas été détruit, est-ce que le christianisme aurait prospéré ? Est-ce qu'on ne pourrait pas dire que c'est le désespoir lié à cette destruction qui a poussé les gens à croire à autre chose ? Que la destruction ne pouvait pas être vue autrement que comme un châtiment divin ?

Sa question découpe l'orée d'un silence, puis tout le monde se met à parler, parce que cette hypothèse introduit une réalité parallèle excitante. Et si, et si, et si, disent les unes et les autres, et Ofek ouvre le buffet en tendant une main vers un feuilleté, l'assemblée attentive et immobile est devenue un groupe qui mange, boit, parle à partir de ce qui vient d'être dit, s'en éloigne et s'en rapproche, allume un joint pour certains. Hila ouvre les fenêtres. Elle se meut comme un félin prudent, avec des gestes pétris de puissance contrôlée, et une distinction sauvage qui ne laisse pas de doute sur les raisons pour lesquelles Constance l'a choisie afin d'incarner Bérénice.

Je mange et bois, savourant chaque goût nouveau, répondant aux questions que l'on me pose, d'où je viens, qu'est-ce que je fais, et pour la première fois depuis longtemps je me sens portée par la puissance d'un groupe qui n'a d'autre ambition que le partage. J'attrape des phrases qui se croisent, Tu devrais faire un voyage chamanique avec de l'ayahuasca, ça t'ouvre tous les chakras, tu vois des choses qui sont en toi et que tu n'imaginais pas. J'ai commencé à prendre des cours de oud. Ça me connecte à des sons qui expriment tout ce que je ressens sans parvenir à le dire. Quelque chose qui me dit que je suis d'Orient, que je suis d'ici, du désert et des questions qui vont avec, bon, je le dis mal mais vous voyez à peu près. Moi, ça y est, j'ai supprimé le sucre, le lait, le gluten. Je cours dix kilomètres chaque matin dans la forêt d'Ein Karem, ma vie a complètement changé, j'ai l'impression de flotter en permanence à cinq centimètres du sol.

Tu peux venir chez moi si tu veux, propose Constance en fin de soirée. J'ai un grand appartement. Mon homme et ma fille sont en vacances en Amérique latine, la place ne manque pas.

Ofek paraît soulagée. Vous allez bien vous entendre, entre femmes plongées dans l'Histoire.

Elle a failli dire entre femmes du même âge, mais s'est retenue, et je marche à présent aux côtés de Constance dans des rues arborées et vides. Elle fait rouler son vélo électrique sur lequel elle a tenu à fixer mon sac. Mais si, mais si, tu te sentiras plus légère.

Tout m'hypnotise chez cette femme qui me conduit vers une douche et un lit en racontant le mémoire qu'elle est venue faire sur Flavius Josèphe il y a plus de trente ans, quelque chose de ce pays qui l'a empoignée, la sensation quotidienne que l'Histoire n'arrêtait pas de s'écrire, au moment où l'Europe voulait croire à sa fin. C'est épuisant, c'est excitant, c'est inquiétant, mais les questions ici sont si brûlantes que certaines réponses paraissent encore plus belles. Regarde les jeunes de ce club comme ils sont touchants, même ceux qui sont un peu paumés. Ils ne renoncent pas à chercher ce qui peut les libérer, ce qui peut leur donner l'élan de se lever, d'agir, de créer. Quand j'ai choisi Hila pour le rôle de Bérénice, j'ai senti chez elle une foi dans le théâtre qui l'engage tout entière, qui lui donne du désir, de l'exigence, de la gratitude, les conditions d'une vraie liberté. Elle n'a jamais pris de cours. Elle dit qu'elle a fait semblant pendant quatre ans au milieu des siens, dissimulant qu'elle ne croyait plus, accomplissant les rituels et les prières avec docilité et ferveur. Drôle d'école, hein ?

Tu es si vivante, lui dis-je à brûle-pourpoint, et elle répond d'un sourire tranquille, capable de tout accueillir. Je me vois soudain la saisir par la main et courir dans les rues de Jérusalem en nous revêtant chacune de la combinaison jaune qui devient la seconde peau d'Uma Thurman dans *Kill Bill.* Pour aller où ? Pour faire quoi ? Je l'ignore, mais la vision est très claire et ne me semble pas si incongrue.

3

La première nuit chez Constance m'enveloppe d'un tissu qui cache dans ses plis un sommeil abandonné. J'en émerge le corps souple, sourire aux lèvres.

Regarde, c'est un vanneau armé, dit Constance quand l'oiseau se pose sur la rambarde du balcon où nous prenons notre petit-déjeuner. On l'appelle aussi le vanneau à éperons car il en cache un sous chaque aile.

Fauve et noir répartis de manière symétrique entre le haut et le bas du corps, perché sur des échasses brindilliques, ses yeux mobiles expriment des choses que je ne saisis pas, mais il s'adresse clairement à nous.

Tu le comprends ? demandé-je à Constance, et l'oiseau me lance un regard que j'interprète comme un reproche avant de s'envoler.

Eh, ce n'est pas parce que j'ai les cheveux blancs que je sais tout ! rit-elle.

Je voudrais lui dire que le contraste entre sa chevelure neigeuse et son visage mat produit sur moi la même fascination que le plumage de l'oiseau. Elle ne sait pas tout, mais j'ai envie de tout lui confier, et de parcourir avec elle l'espace de rencontre qui s'est ouvert hier quand elle a parlé de la transformation de l'Histoire en fiction, puis tandis que nous marchions dans les rues assoupies de Jérusalem. J'aime cette ville la nuit, m'a-t-elle dit, je sens qu'elle renonce à se montrer autrement que comme elle est, dans une humilité qui devrait être son vrai vêtement. Pendant le confinement on a eu l'impression de vivre un Kippour éternel, les chants des oiseaux résonnaient dans toute la ville, et je voudrais lui demander comment elle s'est remise en route après cet arrêt, comment elle se remet en route après chaque choc, et il y en a tant ici, elle me l'a dit, l'Histoire s'écrit chaque jour et court plus vite que nous, mais elle s'est déjà levée pour rincer les tasses, me montre une salade aux couleurs vives dans le frigidaire, se dirige vers l'enfilade qui trône dans le salon et me tend un DVD, *Bird on a Wire*. Tiens, si ça te dit de le regarder, c'est le documentaire d'où sont extraites les minutes dont tu m'as parlé, c'est toute la tournée de 72. Tu verras, la première scène se passe en Israël aussi, elle forme une boucle avec celle qui t'a marquée. Leonard Cohen a carrément quitté la scène à Tel-Aviv. Les services de sécurité étaient trop violents avec le public, pour une sombre histoire de parquet neuf dans la salle qu'il ne fallait pas abîmer. Les images sont stupéfiantes. Elles montrent une société plus agressive que le mythe qui s'est raconté. La télécommande est là, je te laisse les clés, on va répéter tard, on est sur les derniers réglages. Fais comme chez toi.

Et ce n'est pas une formule. Je me sens chez moi, c'est-à-dire détendue, près d'elle qui m'accueille avec tant de naturel, comme si ouvrir sa porte à une étrangère allait de soi. Je suis chez moi dans la chambre dépouillée de sa fille, si différente de celle de Lola, dans son salon où les meubles années cinquante, les tissus bédouins, les photos et les tableaux disent qu'ils ont été choisis pour des raisons précises, à des moments précis, dans une harmonie qui a pris le temps de s'agencer sans se programmer. Je suis chez moi sur le balcon où je guette le retour du vanneau à éperons, et duquel Constance m'a indiqué les Bâtiments de la Nation. Leur site Internet explique qu'il s'agit d'un palais des congrès d'une qualité mondialement reconnue, les plus grands défis scientifiques, politiques et culturels peuvent être relevés entre ces murs, et à partir de là, *seul le ciel est la limite*, l'emphase me fait rire. Je décide que c'est le jour pour y aller, en suivant le plan qui m'indique de passer par la Vallée de la Crucifixion si je souhaite m'y rendre à pied, oui, c'est ce que je veux faire, descendre et monter, traverser des parcs, sentir que la ville ne fait pas semblant d'être ce qu'elle n'est pas, jusqu'aux abords du palais des congrès devant lequel des rivières d'hommes et de femmes se croisent dans un vacarme de ville poussé au paroxysme car c'est là que se trouve également la gare routière. J'ai renoncé à scruter chaque visage, j'appréhende la foule pour ce qu'elle est, corps compact, cellulaire et tendu, je me présente au portique de sécurité des Bâtiments de la Nation. L'agent me demande mon accréditation, et à quel congrès je me rends, un coup d'œil dans le hall me suffit pour comprendre que les bâtiments ont été entièrement rénovés, aucune chance de retrouver la salle de concert telle qu'elle était en 1972, je pose tout de même la question. Il ne voit pas de quoi je parle, il ne sait pas qui est Leonard Cohen, il y a bien un auditorium mais il est très moderne et on ne peut pas le visiter, il y a des répétitions pour un spectacle de flamenco ce soir, pousse-toi, laisse passer les gens, et un groupe de personnes portant toutes la même casquette verte me dépasse, on croirait des personnages de bande dessinée, ils sont dentistes, si j'en crois leur badge. Je lis sur une pancarte qu'il est possible de voir les vestiges du campement de la Xe légion romaine qui fit le siège de Jérusalem. Alors je viens pour ça, dis-je au garçon qui porte un pistolet glissé dans sa ceinture et fouille mon sac avant de me laisser entrer. J'avance jusqu'aux plaques de verre incrustées dans le sol, environ deux mètres me séparent des pierres que je fixe sous mes pieds. Ici marchèrent peut-être Vespasien, Titus, Agrippa, Josèphe et Bérénice, ici Bérénice fit peut-être l'amour avec Titus pendant que Jérusalem tombait.

Je sors des Bâtiments de la Nation avec la détermination de trouver un café qui s'offre à moi vingt minutes plus tard dans une ruelle piétonne. J'ai traversé des rues aux façades couvertes d'affiches où des caractères noirs sur fond blanc annonçaient des deuils, des affiches jaunes où un poing noir serré ne laissait planer aucun doute sur la violence qui l'anime, des affiches du spectacle de Constance, *Les Voix de la destruction*, toutes barrées de pute, mécréants, vous le paierez, et une fois commandé mon thé glacé, après avoir détaillé chaque passant en me racontant d'où il vient, où il va, j'envoie un message à Julien, *Je suis à Jérusalem, mon amour, cette ville est peut-être un échec, mais des gens extraordinaires y vivent et j'y suis bien.*

4

Le spectacle affiche complet depuis des semaines et il est bourré à craquer, aucun désistement de dernière minute, c'est surprenant, lâche Constance très vite. Désolée, tu seras dans les coulisses, tu ne verras pas tout, mais tu pourras tout entendre, reste dans cet angle, tu seras invisible et c'est de là que j'aperçois les spectateurs prendre place sur les gradins de la Piscine du Sultan dont les premières pierres remontent à l'époque romaine, qui fut un réservoir d'eau puis un hammam pour nantis, puis une piscine pour le sultan Souleiman, avant d'être un no man's land couvert d'herbes folles entre la Jordanie et Israël, en contrebas des remparts de la Vieille Ville, dans la vallée de la Géhenne. Toutes les couches de l'Histoire et des mythes sont superposées ici jusqu'au vertige, m'a dit Constance quand nous marchions dans les rues silencieuses de Jérusalem le premier soir. Je ne pouvais pas imaginer un autre lieu pour *Les Voix de la destruction*, et sa voix était trempée dans l'acier, et ses yeux brillaient comme ceux d'une femme qui sait qu'elle approche de l'heure vers laquelle elle s'est dirigée depuis trente ans.

Le public que je parviens à voir aux deux tiers est calqué sur les silhouettes aperçues en ville. Beaucoup de religieux, mais aussi des hommes en chemisette, des femmes en tenue de soirée, des étudiants à l'aspect négligé, visages ouverts, souriants ou perplexes.

Je m'exerce à réprimer tout mouvement, respirant à peine, allégeant mon regard pour effleurer la chorégraphie des techniciens et des assistants en train de placer un chœur sur une plateforme mobile, les musiciens accordant leurs instruments, et, aux deux extrémités du plateau, Flavius Josèphe et Bérénice qui seront tous deux les narrateurs contradictoires des faits : l'historien narcissique et talentueux, et la reine que tout le monde ne voit que comme l'amoureuse éconduite de Titus façonnée par Racine, dont personne ne connaît ni l'année de la mort, ni le lieu de la sépulture. J'ai voulu lui rendre la voix politique qu'elle a eue et à laquelle personne n'a donné écho, m'a dit Constance hier soir.

Malgré mon coccyx déjà enflammé par la dureté du bloc étroit sur lequel je suis assise, je sens grimper un frisson le long de ma colonne vertébrale quand les projecteurs s'éteignent. Un murmure continue de parcourir les spectateurs, certains ont gardé leur téléphone portable allumé et envoient frénétiquement des messages, y compris lorsque les lyres égrènent leurs premières notes, on croirait que les musiciens parviennent à pincer les cordes de la nuit pour en faire éclore une rêverie, des images sont projetées sur le rideau frangé en fond de scène, je ne peux distinguer que des taches de lumière. Une première percussion entame le martelé d'un cœur qui bat à soixante pulsations par minute, rejointe par une, deux, trois autres percussions qui toutes accélèrent un peu plus que la précédente et atteignent la poitrine de chaque personne présente, j'en suis sûre, nous devenons tous caisses de résonance. Je suis transpercée lorsque les cornes de bélier modulent un appel, ouvrant le passage aux deux voix qui s'élèvent, nul ne distingue encore les comédiens à part moi,

Je suis Josèphe, je suis la source,

Je suis Bérénice, j'ôte le bandeau qui bâillonne ma bouche,

Écoutez-moi, j'ai tout vu, tout su, tout écrit,

Écoutez-moi, j'ai tout vu, tout pensé, tout senti, et je suis prête à les écouter tous deux, Josèphe et sa voix ardente dans laquelle se glissent des éclats d'airain, Bérénice qui a fait un vœu, personne ne sait lequel depuis deux mille ans, peut-être celui d'éviter la guerre, peut-être celui de vivre avec Titus jusqu'à la fin de ses jours, elle a cessé de boire du vin et s'est rasé la tête, elle est à quelques mètres de moi côté cour, alors que Josèphe est côté jardin, elle a la silhouette d'une tige privée de calice et de corolle, une carpelle à nu dotée d'une voix à la clarté fissurée de celle qui a connu l'innocence et la profanation, Constance me l'a dit. Bérénice a été mariée une première fois à treize ans au chef de la communauté juive d'Alexandrie, et même si ce n'était pas aberrant alors, son corps n'était pas différent de celui d'une fillette d'aujourd'hui, et elle avait seize ans à la mort de son père, lorsque les Grecs de Césarée ont exulté en volant sa statue et celle de sa sœur Drusilla, les ont emportées dans des lupanars où ils ont mimé une série de viols en poussant des cris de bêtes, elle ne l'a pas oublié. *Mais d'abord, écoute le peuple, Josèphe, écoutez-le tous*, et la plateforme du chœur s'élève au-dessus de la scène, les percussions et les cordes vont decrescendo jusqu'à se transformer en nappe qui soutient le chant.

Nous tressons nos voix, nous soufflons dans des cornes de bélier, nous poussons un cri à l'unisson –
On ne nous entend pas.

Nous marchons épaule contre épaule, la tête de notre procession est loin de la queue, nous formons la carcasse d'une bête de somme qui relève la tête –
On ne nous voit pas.

Nos bouches aiguisent des mots qui percent le cortège, des flèches que tous forgent en chœur : justice, justice, tu poursuivras –
On ne nous comprend pas.

Ils méprisent notre langue, elle ressemble pour eux à nos maisons, nos corps, nos vêtements : pauvre, claudicante, rugueuse, alors nous la pensons aussi pauvre, claudicante et rugueuse et nous disons, ils sont différents de nous, ils parlent bien, ils connaissent le grec et le latin, mais ce n'est pas parce que nous ignorons ces langues que nous n'avons pas la nôtre, qui fourche, qui glisse, qui cogne.

Écoutez-nous.

Josèphe et Bérénice font un pas sur scène, des sifflets les atteignent, on pourrait croire que c'est un effet sonore du spectacle, mais ils sont décochés par le public, où d'autres voix s'irritent pour les faire taire.

Nous sommes nés dans la paille quand vous avez vu le jour dans des draps de lin,

Nous avons grandi dans la boue, la foi, les sacrifices et la faim.

C'est l'ordre du monde, nous dit-on.

Ceux du haut, ceux du bas, depuis toujours et pour toujours.

Pourtant l'univers ne connaît ni sommet ni abîme.

Nous sommes à terre,

à vos pieds,

mais sans nous qui seriez-vous ?

Qui pour labourer, forger, trimer au soleil ?

Qui pour vous nourrir ?

Qui pour mourir à votre place, même s'il est vrai que vous savez parfaitement vous entre-tuer ?

Je vois mon grand-père. J'entends Victor Hugo, *la dégradation de l'homme par le prolétariat, la déchéance de la femme par la faim, l'atrophie de l'enfant par la nuit.* Même si c'est dans un autre temps, même si c'est dans un autre lieu les mots s'entrechoquent.

Vous dites « le peuple », mais nous ne sommes pas un, nous sommes une multitude déchirée.

Ceux qui acceptent de tout perdre pour éprouver, au moins une fois, leur liberté.

Ceux qui craignent de tout perdre et veulent que l'on se taise, que l'on domine nos mains nouées, nos jambes arquées, nos voix étranglées.

Vivre, quelle qu'en soit l'amertume du goût, quelle qu'en soit l'acidité du prix, la permanence de l'inquiétude, et nous connaissons aussi parfois la grâce du soleil perçant le feuillage de l'olivier. Alors la beauté nous foudroie et justifie la pénibilité de nos vies. Nous connaissons aussi parfois – pas toutes, pas tous – la joie des corps pénétrés et la surprise d'un plaisir dont les vagues nous laissent éblouis, Honte à vous ! crie une femme dans le public, *car nul ne sait ce qui se passe alors, ni pourquoi, et qu'importe, une aube s'étale en nous et nous désirons la fois suivante, le miracle qui se reproduit et qui n'est pas que reproduction. Indifférents soudain à notre condition, nous sommes des princes et des princesses qui jouissons, engloutis dans l'oubli de ce qui se trame et ressurgit sitôt nos corps revêtus.* Ceci n'est pas notre peuple ! crie un homme, et un murmure enfle, et ma bouche se dessèche soudain, quelque chose que je comprends et ne comprends pas est en train de se passer, si je me bouche les oreilles, je ne pourrai plus entendre le chœur du peuple auquel Constance a donné une voix, et je veux l'entendre,

Et cette guerre contre vous devient la nôtre, entre nous.
Les frères ne se parlent plus, les fils défient les pères,
Les arguments croisent le fer,
Nous avons peur les uns des autres.
Les uns pour les autres.
Dans nos sommeils nous gardons l'oreille dressée, le souffle court et le cœur irrégulier.
Est-ce demain que tout va basculer ?
Est-ce demain que tout sera détruit ?
Il y a ceux qui le redoutent,
ceux qui l'espèrent,
et ceux qui, plus que tout, voudraient ne pas avoir à choisir, ne pas avoir à se battre ou à plier, et les derniers mots se perdent

car la moitié du public se lève, comme répondant au même signal, et se met à hurler, Vous avez construit un Temple en carton-pâte ? Sacrilège ! Vous allez mettre à sac un Saint des Saints de pacotille ? Sacrilège ! Vous vous délectez d'une défaite que nous pleurons encore ? Sacrilège ! Honte à vous. Josèphe, traître, sois maudit, Bérénice, pute, chienne, crève.

Ils ne sont pas venus voir, ils ne sont pas venus écouter, ils sont venus empêcher la représentation, ils ont été prêts à payer leur place pour cela. Josèphe recule d'un pas, Bérénice reste immobile, les techniciens et les assistants s'agitent comme sur un champ de bataille, il y a les messagers, les fantassins qui montent au front, le Génie qui essaie d'organiser la base arrière, et le cri Sacrilège s'élève, c'est le seul mot qu'ils prononcent désormais, doublé des coups de pied martelant les gradins en cadence, c'est pas possible ils vont s'effondrer sous ces pieds aussi rageurs que déterminés, il va y avoir des morts, un enchevêtrement de bois, de barres de fer et de corps, je ne sais plus si ça se passe il y a deux mille ans ou maintenant, et eux non plus ne font pas la différence, les étudiants chargés de placer le public tentent d'intervenir, soutenus par une partie de l'assistance, celle qui est venue pour voir et entendre, et une autre partie reste tétanisée ou filme en riant la révolte en cours, une voix s'élève d'un haut-parleur, Silence, silence, regagnez vos places. Moi je n'ai pas bougé de la mienne et j'ignore si je dois rester là ou partir, je voudrais crier moi aussi, Silence, laissez-les poursuivre, ce n'est qu'une pièce, et les battements de mon cœur s'accélèrent, mes muscles se tendent, je serre les poings. Les lumières de la scène s'éteignent, les projecteurs bordant les gradins se rallument, aveuglants, je plisse les yeux et le distingue soudain, l'homme qui fonce vers Bérénice, je le vois bondir sur l'estrade et le reste je ne le vois pas, je le sens, moi qui cours, un cri bloqué dans ma gorge car tout mon corps, absolument tout mon corps ne peut accomplir qu'une action, pousser Bérénice pétrifiée, j'agis sans autre pensée qu'empêcher ce qui est en train de se produire et que je suis seule à voir, c'est une question de secondes, un précipité où la vie et la mort s'égrènent à toute allure dans le même chapelet aux perles serrées, serrées, qu'il s'agit de séparer de toute urgence, j'écarte Bérénice de ma trajectoire et reçois l'haleine de l'homme comme une gifle, en même temps que son visage s'imprime en moi, si humain, il a les pores dilatés, des yeux verts immenses et de longs cils, si étranger aussi tant la fureur corrompt ses traits, il hurle quelque chose que je n'entends pas mais sa bouche est grande ouverte, son regard passe de la fureur à l'étonnement de me trouver sur son chemin, une lame s'enfonce avec une aisance surprenante entre mes côtes, glisse en moi une froide douceur.

La douleur viendra plus tard, dans l'ambulance qui traversera Jérusalem pour me conduire à l'hôpital, et une fille aux longs cheveux blonds tiendra ma main en promettant, Ça va aller, ça va aller, et la lumière néonesque des urgences m'aveuglera mais je ne fermerai pas les yeux, j'entendrai autour de moi de l'hébreu, de l'arabe, de l'espagnol, du russe et de l'ukrainien et me dirai je suis à Babel, Babel est un hôpital. Je penserai, est-ce que j'ai pris mon sac, et me demanderai soudain si je suis couverte par une assurance ou s'il va me revenir de payer les soins, heureusement je n'ai presque rien dépensé depuis que je suis arrivée, il me reste de l'argent de mon grand-père, et je dirai à l'infirmier, J'ai abandonné une voiture louée qui est tombée en panne dans la vallée du Jourdain, il faut prévenir la société, il faut aller la chercher. On me conduira au bloc opératoire et j'émergerai de l'anesthésie par paliers, bercée, aspirée, ballottée dans une brume tiède, une infirmière voilée caressera mon front en disant d'une voix chantante, La lame s'est arrêtée avant de pénétrer dans le diaphragme, il est à peine éraflé, tu vas avoir mal pendant quelque temps en inspirant et ensuite tu pourras respirer normalement, tu garderas une petite cicatrice, et je sais déjà que j'aimerai la caresser lorsqu'elle aura blanchi, je le dirai à Constance quand elle viendra me voir le lendemain, avec un sourire navré et tendre, Je savais que je parlais du présent, mais pas à ce point, ça devait être un spectacle, pas une scène de guerre civile, tiens, j'ai récupéré ton sac, je me suis permis de téléphoner à ton mari pour le prévenir, et lorsqu'elle me le tendra je lirai le message de Julien qui m'aura écrit *On est en route pour l'aéroport, on vient te chercher, ma Mathilde*, et celui de Lola, *Maman on t'a vue dans une vidéo sur YouTube, t'es trop forte*, et je demanderai à Constance, comment va Bérénice, s'est-elle fait mal lorsque je l'ai poussée, est-elle tombée, et elle me dira que Hila va bien, elle est en train de se casser la tête pour choisir le cadeau qu'elle va me faire. Un vanneau à éperons, ce serait bien, dirai-je, et Constance sourira, Tu n'en as pas besoin, tu en es déjà un. Elle ajoutera qu'elle ne veut pas renoncer, que toute l'équipe est d'accord, ils veulent continuer de jouer le spectacle ici ou ailleurs. Peut-être que certaines choses ne peuvent être vues et entendues que dans certains lieux, à certains moments et pas à d'autres, et je la regarderai, et je m'entendrai lui répondre d'une voix flottante et soulagée, Ah alors je ne suis pas la seule à ne pas avoir vu la destruction, pas la seule à ne pas avoir vu la fin de l'Histoire.

Gratitude et sources

Merci à Olivier Cohen pour une confiance et un dialogue qui fêtent leurs vingt ans.

À Nathalie Zberro et toute l'équipe des éditions de l'Olivier pour l'engagement précieux, dans toutes ses facettes ; Noémie Sauvage dont le soutien sur les derniers kilomètres a été si vif ; Olivier de Solminihac dont le regard précis a aiguisé le mien ; Pauline Mulin et Maud Boulaud pour l'envol.

À Laurence Renouf qui m'a accompagnée avec maestria depuis le début et jusque *Dans le faisceau des vivants*.

Merci également au Centre national du livre, pour la bourse accordée durant l'écriture de ce livre.

À Colombe Schneck, Antoine Flochel, Rosalyn et Felix pour la sérénité de Can Cab ; aux camarades écrivains qui y ont séjourné, à nos joyeux partages.

*

La vidéo de Leonard Cohen extraite du documentaire *Bird on a Wire* de Tony Palmer est disponible à l'adresse suivante :

https://youtu.be/tixwvZbEpME?si=6G4vrwhyye1Sst12

Le documentaire de Donald Brittain et Don Owen intitulé *Mesdames et messieurs, M. Leonard Cohen* réalisé en 1965 est disponible sur le site Madelen :

https://madelen.ina.fr/content/mesdames-et-messieurs-m-leonard-cohen-75381

La citation de Vladimir Jankélévitch en exergue figure dans *Le Nocturne*, publié à Lyon en 1942 par M. Audin.

La citation de Franz Kafka en exergue est extraite des *Conversations avec Kafka* de Gustav Janouch, traduit de l'allemand par Bernard Lortholary, Maurice Nadeau, 1978.

RÉALISATION : NORD COMPO À VILLENEUVE-D'ASCQ
ACHEVÉ D'IMPRIMER SUR ROTO-PAGE
PAR L'IMPRIMERIE FLOCH À MAYENNE
DÉPÔT LÉGAL : JANVIER 2024. N° 1979-02 (103732)
IMPRIMÉ EN FRANCE